KB001759

그랑 주떼

N.
02

문학에서 발견하는
무한한 좌표들,
은행나무 시리즈 N.

그랑 주떼

김혜나 소설

은행나무

차례

거북등

크고 둥그런 고가 양 발등 위로 뭉툭하게 올라와 있다. 발끝을 뻗어 발등을 늘이자 고가 더욱 높이 솟아올랐다. 둥그렇게 넓은 거북의 등을 닮았다는 발등의 고. 그 위로 뭉툭뭉툭 솟아오르는 핏줄마저 거북등의 표면처럼 거칠고 어두웠다.

포인, 플렉스

　잠겨 있는 스튜디오의 문을 열고 안으로 걸어 들어갔다. 구석진 자리 선반에 놓인 오디오 외에 아무것도 없는 곳. 출입문이 있는 벽을 제외한 삼면의 거울 벽 모두 티끌이나 손자국 하나 없이 말끔했다. 어젯밤 무용원을 나서기 전, 거울을 싹 닦고 바닥 청소까지 해둔 덕분이다. 이른 아침 아무도 없는 스튜디오에 들어서는 것은 근래 통 없던 일이라 바닥에 닿는 발끝이 공연히 움츠러들었다.

　오디오가 놓여 있는 선반의 아래 칸에서 슈즈를 꺼내

들고 바닥에 앉았다. 분홍색 타이즈를 신은 두 다리를 끌어당겨 슈즈를 덧신고 양다리를 좌우로 넓게 벌렸다. 발등을 길에 늘인 포인(Pointe) 상태에서 궁둥뼈를 바닥으로 내리누르며 다리의 근육과 관절을 천천히 풀어나갔다. 양 무릎은 바깥쪽으로 돌리고 골반은 앞쪽으로 밀어 고관절에도 자극을 주었다.

두 팔을 앞으로 천천히 뻗어 바닥에 갖다 댔다. 고관절을 회전해 치골과 아랫배를 바닥에 대고 척추도 길게 뻗었다. 이어서 명치와 가슴 그리고 턱을 바닥에 댔다. 다리를 좀 더 넓게 벌리고 무릎 관절 안쪽을 펴자 온몸의 근육이 비명을 내질렀다. 서서히 어둠이 몰려오고, 앞이 보이지 않는 순간. 그럴 때면 정말이지 아무런 생각이 떠오르지 않았다. 생각이 사라지고, 몸이 사라지고, 내 존재가 사라져버렸다.

몸의 근육과 관절이 뭉근하게 풀려 더 이상 아무런 통증도 느낄 수 없을 즈음, 상체를 일으켜 똑바로 앉았다. 풀어둔 머리카락을 손으로 쓸어올려 묶고 머리핀을 꽂은 뒤에 양쪽으로 벌려놓은 두 다리를 골반에서 떼어내듯 바깥으로 밀어 뒤에서 끌어모았다.

자리에서 일어나 음악을 틀어두고 스튜디오 밖으로 나갔다. 무용원 출입문 앞 책상에 앉아 컴퓨터의 전원을 켜고 회원관리 시스템 창을 열었다. 잠시 뒤 출입구에 달려 있는 철제 종에서 딸랑, 소리가 나며 유리문이 열렸다. 안으로 들어서는 수강생에게 고개 숙여 인사했다. 수강생 또한 가볍게 인사하며 나에게 회원카드를 내밀었다. 카드를 받아 회원 확인을 한 뒤에 탈의실 사물함 열쇠를 내주었다. 수강생은 내가 내민 열쇠를 받고 탈의실 안쪽으로 들어갔다.

이제 곧 오전 10시 수업의 수강생이 몰려올 것이다. 나는 책상 위에 부려놓았던 가방과 휴대전화 등속을 챙겨 책상 아래쪽 바닥에 내려놓았다. 출입문으로 수강생이 하나둘 들어오기 시작했다. 그들에게 간단히 목례한 뒤 컴퓨터 화면 속으로 다시 시선을 옮겼다. 그들은 탈의실로 가서 저마다의 무용복으로 갈아입었다. 그러고는 스튜디오로 들어가 개인 매트를 바닥에 깔고 조금 전의 나처럼 스트레칭을 하며 몸의 근육과 관절을 풀었다. 9시 55분이 넘자 나는 출석부와 발레 음악 USB를 챙겨서 스튜디오 안으로 들어갔다.

"오늘 원장님이 지방으로 출장을 가서서 제가 대신 수업을 하게 됐어요. 진도는 원장님께서 다음 수업 때 이어서 해주실 거고요. 오늘은 저와 함께 체중 감량에 도움이 되는 발레 동작 위주로 연습을 해보겠습니다."

오늘의 수업 내용을 설명한 뒤 출석부를 펼치고 수강생의 수를 확인해보았다. 총 여덟 명이 수강하는 오전 수업은 무용 전공자가 아닌 일반인을 대상으로 하는 취미 발레반이었다. 대체로 이십대 초반의 대학생과 사오십대 주부들이 주를 이루고 있었다. 그들 대부분은 춤을 추기 위해서라기보다는 운동이나 체중 감량을 목적으로 이곳을 찾았다. 따라서 다른 강사가 수업에 들어온다고 해도 별다른 불만을 가지지 않았다.

"앞에서부터 한 분씩 성함을 좀 말씀해주시겠어요?"

내가 묻자, 앞줄 왼쪽에 앉아 있던 앳된 외모의 여자부터 이름을 말하기 시작했다. 인원은 총 여섯 명으로, 아직 두 명이 오지 않았다.

"조금 기다렸다가 할까요? 아니면 먼저 시작할까요?"

애써 질문을 던졌지만 딱히 대답하는 이는 한 명도 없었다.

"그럼 일단 몸부터 가볍게 풀어보겠습니다."

나는 그렇게 말하고 음악을 쇼팽의 피아노곡으로 바꿨다.

"앉은 상태에서 두 다리를 앞으로 쭉 뻗고 꼬리뼈를 바닥으로 낮추세요. 척추는 바르게 펴서 몸을 일직선으로 세워봅니다. 가슴은 활짝 펴고, 양어깨는 뒤로 돌려 어깨의 긴장감을 빼냅니다. 몸의 정확한 선열(Alignment)과 배치(Placement)가 이루어지지 않으면 자유롭게 춤을 출 수 없습니다. 몸이 틀어진 상태로 춤을 추면 오히려 더 약해질 수도 있어요. 반드시 올바른 자세를 유지해야만 체내 순환이 원활해져 독소와 노폐물이 빠져나가고 체중이 자연스럽게 줄어듭니다. 몸의 어느 한 부분이라도 틀어지거나 어긋나 있으면 그 부분이 신체의 모든 부분에 영향을 주거든요. 그러니 단 한 군데도 흐트러짐 없이 정확하게 올바른 자세를 유지해주세요."

'몸의 어느 한 부분이라도 어긋나 있다면 다른 모든 부분도 영향을 받을 것이다.' 도널드 F. 페더스톤이 그의 책《Dancing Without Danger》에서 언급한 이야기였다. 자유롭게 춤을 추기 위해서 신체의 정확한 선열 속으로 나를 밀어넣는 것. 그 말에 따라 늘 완벽한 자세 속으로 나를 밀어넣어왔다. 그런데도 나는 왜 춤을 추지 못하는 것일까? 나는 다시 말했다.

"그 상태로 두 다리의 발등을 밀어내 포인을 만들어볼게요. 음악에 맞춰서 다시 플렉스(Flex), 발끝을 몸쪽으로 완전히 끌어당기세요. 자, 다시 포인, 발등을 밀어내면서 발가락 끝까지 힘을 줍니다. 무릎을 곧게 펴고 그대로 다시 플렉스. 자, 이제 음악에 맞춰서 다섯 번씩 더 반복해볼게요."

무용수는 춤을 추기 전에 자신의 신체를 부드럽고 유연하게 만들어놓아야 했다. 이러한 준비운동은 바(Barre)와 센터(Centre)에서 연습하기에 앞서 체온을 상승시키고 혈액의 공급을 원활하게 해주었다. 따라서 정신을 가다듬고 근육을 깨우는 데도 도움이 됐다. 준비운동 중에서도 가장 기본적인 동작이 포인과 플렉스였다. 이 동작은 우리 몸의 토대가 되는 중요한 부분, 즉 발의 근육과 관절을 유연하게 만들어주었다.

자리에 앉은 상태로 포인과 플렉스를 번갈아 반복해

주면 다리 대퇴부와 종아리 근육이 서로 밀고 당기며 이완과 수축 작용이 일어나고, 그러면 발은 곧 춤을 추기 좋은 상태가 됐다.

"자, 이번엔 플렉스 상태에서 발끝을 바깥쪽으로 돌려 골반을 열어주세요. 그 상태 그대로 다시 포인. 좋습니다. 자, 다시 한번 원을 그리듯이 반복해볼게요."

오전반은 한 시간 삼십 분 동안 이어지는 수업이라서 내가 진행해오던 한 시간짜리 프로그램을 최대한으로 늘리며 시간을 끌었다. 그렇게 기본적인 발레 동작부터 천천히 반복하며 수업을 진행해나갔다.

본래 내가 맡은 오후 수업에서는 체중 감량에 효과적인 발레 동작만 가르쳤다. 그래서 매트 운동과 바 운동 외에는 정말이지 별다를 게 없는 수업이기도 했다. 한데 원장 선생님은 그 한 시간짜리 프로그램에 삼십 분짜리 무용 프로그램을 추가하여 발레 작품을 가르쳐왔다.

발레 교습은 앉아서 하는 스트레칭 동작과 바에서 진행하는 동작, 그리고 센터에서의 동작을 충분히 연습한 뒤 본격적인 춤을 배워나가는 것이 보통이다. 바를 사용해 발레 테크닉을 연습한 뒤에 센터에서의 연습을 통해 춤을 추기 시작하는 것. 그러니 이 동작은 결국 춤을 추기 위한 목적으로 행하는 준비 단계일 뿐 동작 그 자체로서의 의미는 거의 없다. 내가 가르치는 것은 '춤'이 아닌 춤을 추기 이전의 준비운동뿐이다. 발레 동작을 응용해 사람들에게 운동을 시키는 것일 뿐이지, 무용이니 발레니 하는 것들을 가르치는 게 아니었다. 발레를 가르치지 않는 이유가 있다면 그저 단 하나, 내가 춤을 추지 못하기 때문이다.

회원들에게 다리를 앞으로 쭉 뻗고 포인 상태로 상체를 구부려 이마를 정강이에 갖다 대라고 말했다. 꼬리뼈는 뒤로 밀고 머리는 앞으로 쭉 뻗어 등과 허리의 근육을 풀어주는 동작이었다. 틀어진 척추를 바로잡고 몸의 탄력과 유연성을 길러줄 것이라는 설명을 덧붙였다. 아프고 힘들지만 잘 견뎌보라고도 말했다. 내 말에 따라 회원들 모두 이마를 정강이에 대고 등과 허리, 허벅지와 종아리 근육을 길게 늘이며 통증을 견뎠다.

"자, 계속 반복하세요. 원을 그리듯이, 포인, 플렉스."

나는 구령을 계속 붙여주며 스튜디오 뒤쪽으로 자리

를 옮겨갔다. 그러고는 뒤쪽 거울 벽에 기대어 서서 고개를 숙이고 발등을 내려다보았다. 커다란 발등 위로 둥그런 고가 뭉툭 올라와 있는, 거북등을 닮은 발.

발레를 배우기 시작한 건 열다섯 살이던 중학교 2학년 때였다. 그 나이에 무용을 시작하는 아이는 결코 프로 무용수가 될 수 없다는 사실을 스스로도 알고 있었다. 발레리나를 꿈꾸는 아이라면 보통 초등학교에 들어가기 이전, 적어도 일곱 살에서 여덟 살 사이에 무용을 시작했다. 발레처럼 고도의 스트레칭을 요하는 춤은 관절이 닫히기 이전의 나이에 시작하는 것이다. 한데 중학교 2학년, 열다섯 살이 다 되도록 무용과 전혀 상관없는 삶을 살았던 내가 발레를 시작한 이유는 커다란 발과 발등 때문이었다.

270밀리미터인 내 발은 중학교 2학년 때 이미 260밀리미터를 넘어서 있었다. 키 또한 또래 아이들보다 훨씬 큰 173센티미터였지만 종종 나보다 키가 큰 여자아이들 중에서도 발 사이즈가 250밀리미터를 넘는 경우는 보지 못했다. 더구나 나는 발등이 굉장히 넓고 높아서 여성용 구두나 단화 같은 것은 그냥 한번 신어볼 엄두조차 내지 못했다. 나는 언제나 남자 운동화나 실내화를 신고 다녔다.

이런 나에게 예쁘고 아름다운 발레 선생님이 다가와 "발이 커서 좋겠다"라고 말해준 날을 아직도 잊을 수가 없다. 학원 수업이 끝난 뒤 단짝 친구였던 리나가 다니는 무용원으로 가서 레슨이 끝나기를 기다리고 있을 때였다. 주로 어학원이나 독서실이 즐비해 있던 아파트 단지 내 건물의 지하에 있던 무용원. 학교 수업이 파한 뒤면 나는 그 건물의 3층에 위치한 종합학원에서 과외 수업을 들었고 리나는 지하에 위치한 무용원에서 발레 교습을 받았다. 나의 학원 수업과 리나의 발레 교습이 끝나는 시간은 똑같이 밤 10시였는데, 수업이 끝난 뒤 무용원으로 내려가보아도 리나는 스튜디오에서 나오질 않았다. 리나가 조금만 더 연습하고 싶다며 계속해서 춤을 추고 있었기에 나는 언제나 스튜디오 바깥의 소파에 앉아 기다렸다.

나는 무용원 안에 있는 실내용 슬리퍼를 신고 발가락을 잔뜩 오므린 채로 앉아 있었다. 사무실과 현관 주변을 정리하고 있던 무용 선생님이 내 운동화를 현관 한

쪽으로 가지런히 놓으며 "이건 누구 거지?"라고 물었다. 슬리퍼 안쪽의 발가락이 잔뜩 움츠러들고 고개가 절로 수그러들었다. 선생님이 다시 말했다.

"남자애 것 같은데."

나는 그것이 내 운동화라고 말할 수 없었다. 너무나 큰 발과 신발 때문에 나를 이상하게 바라보는 사람들의 시선이 불편한 까닭이었다. 단지 발이 크다는 이유로 친구들에게 놀림을 받거나 외계인 취급당하는 경우도 많아 큰 발을 언제나 숨기고만 싶었다. 그사이 리나는 연습을 마쳤는지 옷을 갈아입고 스튜디오 밖으로 나왔다. 나는 말없이 리나의 손을 붙잡고 현관으로 가서 내 운동화를 꿰어 신었다. 그러자 선생님이 "이거 네 거였니?"라고 물었다. 나는 대답하고 싶지 않았다. 한데 선생님이 나를 향해 던지는 시선이나 물음 속에는 놀라움보다 부러움이 더 크게 담겨 있는 듯했다. 선생님이 나에게 다시 물었다.

"너, 이름이 뭐니?"

"서, 예정이요."

나는 조금 더듬듯 대답했다. 그러자 선생님이 내 이

름을 부르며 말했다.

"음, 그래. 예정이는 발이 커서, 발레를 하면 정말 좋겠다."

그렇게 말하고는 부러운 듯한 눈길로 내 발을 쳐다보았다.

"선생님도 발이 좀 더 컸더라면 좋았을 텐데……."

선생님의 말에 내가 화들짝 놀라 "왜요?"라고 묻자 옆에 있던 리나가 불쑥 끼어들었다.

"맞아. 발이라도 좀 컸으면 좋겠어요."

선생님이 리나와 나를 번갈아 바라보며 대답했다.

"춤을 출 때는 손과 발을 길게 늘여주어야 하니까, 손과 발이 크면 팔다리가 그만큼 길어 보이지. 그래서 발레 하는 사람들은 신체 길이를 발가락 끝 혹은 손가락 끝부터라고 생각하는 거야. 나처럼 키가 작은 사람은 손과 발이라도 크면 춤출 때 조금이라도 더 길어 보일 수 있어. 그런데 키 작은 사람은 꼭 손과 발까지 다 작아서, 손발을 아무리 길게 뻗어봤자 별로 길어 보이지 않는 거지……."

선생님은 그렇게 말한 뒤 고개를 떨어뜨려 자신의 자

그마한 발을 내려다보았다. 발레 슈즈를 신고 있어 보이지는 않았지만, 그 안에 있는 발가락이 꼭 움츠러들고 있는 것만 같았다.

앙 바(En bas; 팔을 아래로), 안 아방(En avant; 팔을 앞으로), 안 오(En haut; 팔을 위로) 등, 팔을 이용한 발레 동작을 회원들에게 가르쳐주며 어깨와 팔 그리고 상체를 함께 움직이도록 했다. 내 구령에 따라 회원들은 팔을 아래에서 앞으로, 위에서 옆으로, 그리고 다시 아래로 움직여 늘이기를 반복했다. 나는 다시 앞쪽으로 나가 다리를 양옆으로 벌리고 앉았다. 회원들에게는 스트레칭 동작을 좀 더 해보자고 말하고 상체를 오른쪽으로 틀었다. 고개를 정강이 가까이 가져가자 툭 튀어나온 고가 한눈에 들어왔다.

리나가 전학 오던 날은 평소보다 훨씬 산만하고 떠들썩한 분위기가 교실 안에 흘러넘쳤다. 출석부를 챙기려 교무실에 다녀온 남학생이 오늘 우리 반에 전학 오는 아이를 보았다고 이야기한 까닭이었다. 아이들은 금세 그 남학생 주변으로 몰려들어 "진짜? 예뻐? 어디서 왔대?"라고 물었다. 남자애는 그 아이가 미국에서 왔다고 말했다. 머리카락에 염색을 해놓아 선생님이 무척 난감해하고 있더라는 말도 덧붙였다.

"학주가 다시 까맣게 염색해야 된다고 말하는데 전혀 못 알아먹더라고. 일부러 못 알아듣는 척하는 것도 같고……. 영어 선생님까지 와서 왜 그래야 하는지 영어로 설명해주는데도 자기는 이해가 안 된다고 하는 것 같던데."

아이들은 저마다 "진짜? 머리가 무슨 색인데? 얼굴은 예뻐? 몸매는?" 하는 질문을 두서없이 던졌다. 이내 종이 울리고, 담임선생님이 교실로 들어섰다. 과연 그 뒤로 오늘 전학 왔다는 여자애가 따라 들어왔다.

온통…… 하얗기만 한 아이였다. 아직 교복을 마련하지 못했는지 새하얀 블라우스에 하얀색 스커트, 그리고 하얀색 실내화 차림이었다. 남학생들은 그 애의 얼굴을 제대로 보기도 전부터 "우우" 하는 탄성을 내지르고 휘파람을 불며 소란을 피웠다. 선생님이 그만 조용히 하라고 손으로 교탁을 두들겼다. 그러자 선생님을 바라보고 서 있던 아이가 정면으로 돌아서며 모두와 얼굴을 마주했다. 그 순간 아이의 어깨에 걸쳐진 자그마한 은색 가방이 창밖에서 쏟아져들어오는 햇빛과 어우러져 다채로운 색으로 빛났다. 가늘게 찢어진 눈과 작달막한 콧날 때문에 단번에 '예쁘다'고 느껴지는 못했지만, 다부지게 올려 묶은 갈색 머리카락과 자그마한 얼굴, 길고 가느다란 팔다리를 보며 어딘가 모르게 비현실적인 인상을 받았다.

"오늘부터 우리 반에서 같이 공부하게 될 전학생이다. 자, 그럼 자기소개 좀 들어볼까?"

선생님의 말에 여자애가 드디어 입을 열었다.

"안녕. 나는 산호세에서 왔고 이름은 김리나야."

간결한 소개가 끝나자 선생님은 앞으로 아이들과 친하게 지내라고 말했다. 리나는 선생님의 말에 별다른 대답은 하지 않고 교실 뒤쪽의 빈자리를 찾아가 앉았다.

1교시 수업이 끝난 뒤 쉬는 시간이 되자 아이들은 일제히 리나가 앉은 자리로 몰려가 이것저것 묻기 시작했다. 나는 일부러 그 옆으로 가지는 않았지만 그리 멀리 떨어지지 않은 자리에 서서 그 애의 이야기에 귀 기울였다. 리나는 한국에서 태어났으나 두 살 때 부모님과 함께 미국으로 가서 살았기에 한국은 거의 처음 와 본 것이나 다름없다고 했다. 일곱 살 때 처음 접한 발레에 꽂혀 곧바로 프로 댄서에게 레슨을 받기 시작했고, 그때부터 지금껏 발레를 해왔다는 이야기를 다소 싸늘한 어조로 말했다.

"지금은 아빠 일 때문에 잠시 한국에 왔지만, 졸업하고 나면 나는 다시 미국으로 갈 거야."

아이들이 "진짜? 왜?"라고 묻자 리나는 "나는 ABT에 들어갈 거야. 그리고 그곳의 프리마돈나가 될 거야"라고 덧붙였다. "ABT가 뭔데?" 하는 아이들의 질문에 리나는 원어민 같은 발음을 구사하며 "아메리칸 발레 시어터(American Ballet Theater)라고 대답했다.

리나는 발레를 정말 잘했다. 리나가 춤을 추면 모든 사람이 그녀를 바라보게 되었다. 바라보고 싶어서 바라보는 것이 아니라 바라보지 않을 수 없어서 바라보는 시선. 무용 선생님도 리나는 발레를 하는 데 있어 필요한 몸과 재능, 환경을 모두 타고난 사람이라고 말했다. 그런 리나가 가지지 못했던 한 가지. 그래서 더욱 가지고 싶어 했던 것이 바로 발등 고였다.

발등과 발목 사이 뼈가 유난히도 튀어나온 사람들이 있다. '고(甲;こう)'라는 것은 그러한 발등의 모양이 마치 거북의 등껍데기 같아 보여 일본에서 먼저 쓰기 시작한 용어였다. 우리나라에서도 무용수 사이에서는 이 일본어 표현이 그대로 쓰였다.

춤을 출 때는 항상 포인 상태로 걷거나 뛰는데, 이때 무용수의 발등이 둥글게 튀어나와 있어야만 신체의 아름다운 곡선이 만들어졌다. 따라서 고는 무용수들 사이에서 언제나 시선과 관심을 끌어모았다. 발레를 하는 아이들끼리 마주할 적이면 대부분 발등을 가장 먼저 바라보며 "발등에 고가 있네." "고가 정말 예쁘다." "나는 고가 전혀 없어"라는 말을 내뱉었다. 한데 이토록이나 크고 둥그런 고를 선천적으로 타고나는 사람은 그리 많지 않았다.

발등에 고가 없는 아이들은 커다란 통증을 느껴가면서까지 과도한 포인을 만들곤 했다. 그렇게 연습을 하다 보면 발등 주변에 근육이 붙어 아주 조금이나마 둥글어 보일 수 있는 까닭이었다. 그러나 아무리 노력을 한다고 한들 선천적으로 타고나지 못한 고가 갑자기 생겨나지는 않았다. 발등 고를 타고나지 못한 무용수는 타이즈 안으로 발등 뽕을 집어넣거나, 발등 성형수술까지 강행할 정도로 다들 고를 강렬히 원했다. 리나가 다니던 무용원 소파에 앉아 슬리퍼도 신지 않은 채 다리를 길게 늘이고 있을 때 "발등에 고가 있네"라고 말했던 사람 또한 바로 발레 선생님이었다. 선생님은 나에게 "예정이는 발이랑 다리가 길고 예쁘다"라고 말했다. 그리고 오리발처럼 크고 넓적한 내 발을 오래도록 바라봐주었다. 자그마한 키에 강마른 몸의 발레 선생님은 자기 발도 나처럼 크고 예뻤더라면 무용수 생활이 조금 더 유리했을 거라고 말했다.

그 말을 들은 뒤로 나는 엄마를 설득해 다니던 학원을 그만두고 무용원에서 발레를 배우기 시작했다. 미국에서부터 발레를 배웠다는 리나와 똑같은 레슨을 받을 수 있는 것은 아니었지만, 그저 그녀와 같은 공간에 있다는 사실만으로 나는 이제껏 알지 못했던 새로운 세계로 들어서는 것 같았다. 아름다운 선을 가진 어여쁜 여자 선생님이 나를 바라봐주고, 나를 잡아주고, 말까지 걸어줄 때면 정말이지 매우 특별하고 아름다운 세계속에 내가 들어가 있는 것만 같았다. 좋아서, 정말 좋아서, 그 안에 있는 내내 나는 정신을 제대로 차릴 수 없었다. 그럴 때면 내가 아닌 이 세상이 휘청휘청 움직이는 듯했다. 발을 딛고 있는 이 땅과 나를 둘러싼 모든 것이 수초처럼 흔들리는 것 같았다. 그 안에서 나는 단 한 번도 정신을 똑바로 차리고 있지 못했지만, 그럼에도 불구하고 그 꿈같은 세계에서 깨어나고 싶지 않았다. 절대로 나만 혼자 떨어져나오고 싶지 않았다.

몸에 꼭 맞는 검은색 레오타드 위로 시폰 소재 랩스커트를 두르면 나의 기다란 상체가 가려졌다. 발등을 한껏 늘여 발끝으로 서 있을 적이면 하체가 원래보다 훨씬 길어 보이는 것도 좋았다. 슈베르트, 쇼팽과 같은 19세기 작곡가의 피아노 음악과 들리브, 글린카, 차이콥스키 등의 고전음악까지도 온통 내 마음을 사로잡았다. 그렇게 음악이 흐르는 무용원 스튜디오에 있을 적이면 정말이지 나는 아무것도 하지 않고 가만히 있어도 진짜로 살아 있는 것 같았다.

그러나 아무리 레슨을 받고 연습을 해도 나는 춤을 출 수 없었다. 춤을 추기 위해 연습하는 발레 동작은 무리 없이 따라 하는 정도가 아니라 정말 바르고 완벽하게 소화해낼 수 있었다. 한데 그 동작을 연결해 춤을 추는 일에는 젬병이었다. 그렇다 보니 발레 작품으로 진도를 나가는 것은 고사하고 기본적인 춤조차 익히지 못했다. 바 운동은 결국 센터에 나오기 위한 과정이니 바 연습을 잘하면 언젠가는 센터에서의 동작도 잘할 수 있을 거라고 북돋워주는 선생님의 말이 무색할 만큼 나는 춤을 조금도 추지 못했다.

이상하게 센터에 나가기만 하면 이미 배운 동작이 자꾸만 헛갈리기 시작했다. 머리로는 그 동작을 분명하게 기억하고 있는데 몸은 조금도 기억하지 못했다. 내 몸과 마음 그리고 생각이 모두 따로 놀았다. 애써 춤을 따라해보려 했지만 그러면 그럴수록 내가 여기서 대체 무얼 하고 있는 건지 알 수 없을 지경에 이르렀다. 그럴 때마다 거울에 비치는 내 모습은 정말이지 눈 뜨고 봐줄 수조차 없었다. 남들보다 항상 뒤처지는 몸짓, 어색한 손놀림, 뻣뻣한 관절, 긴장한 어깨……. 나조차도 창피한 모습만 계속 이어졌다.

무엇보다도 나는 턴(Turn)에 가장 약했다. 몸을 오른쪽으로 회전시킬 때 머리와 눈의 스포팅(Spotting)이 전혀 이루어지지 않아 매번 중심을 잃고 휘청이다가 주저앉기만 반복했다. 선생님은 내가 스폿(Spot)을 전혀 모르고 있다고 말했다. 그리고 나는 '스폿을 모른다'라는 말의 의미조차 알 수 없어 답답했다.

무용원에 나가 레슨을 받으며 연습을 계속할수록 나는 점점 춤을 출 수 없는 사람이라는 생각만 밀려들었다. 그것은 아무리 열심히 연습하고 노력해도 가질 수 없는 발등의 고와 같았다. 애초에 타고나지 못한 재능은 나중에도 결코 생겨날 수 없었다. 세상에는 선천적인 질병으로 말을 전혀 할 수 없는 사람이 있고, 앞을 전혀 볼 수 없는 사람도 있다. 나는 춤을 전혀 추지 못하는 인간으로 태어난 것이다. 그러니 이로 인한 별다른 좌절이나 절망, 원망감 같은 것조차 가질 수 없었다. 본래 가지고 있던 것을 잃어버리거나 망가뜨린 것이 아니었다. 애초부터 이렇게 아무것도 못하는 인간이었기에, 나에게는 별다른 불만이나 원망이 자라날 수조차 없었다.

그럼에도 불구하고 계속해서 발레를 배우러 무용원

에 나갔던 이유는…… 크고 둥근 내 발등을 바라보는 리나의 시선이 좋아서였다. 리나의 시선은 언제나 내가 아닌 내 발등에 머물러 있었다. 그녀는 내 발등이 아니라면 나,라는 사람은 절대 쳐다보지 않을 사람인 것 같았다. 리나뿐만 아니라 함께 발레를 배우던 다른 친구들까지 쉬는 시간마다 나에게 다가와 포인 동작을 보여 달라고 말했다. 그럴 때면 나는 조금쯤 특별한 사람이 된 것처럼 느껴졌다. 아이들은 크고 둥글게 흘러내리는 내 발등 라인을 황홀하게 바라보았다. 그러면 나는 곧, 본래의 나보다 훨씬 더 예쁘고 좋은 사람이 되어 있는 것만 같았다.

　매트 위에서 하는 스트레칭 연습을 마친 뒤 벽면에 설치된 바를 잡고 본격적인 발레 동작을 가르치기 시작했다. 기본 발동작 1, 2, 4, 5번(똑바로 선 상태에서 다리를 고관절로부터 턴아웃하는 기본 동작)을 설명하고 플리에(Plié; 허벅지 제일 윗부분에서 시작해 무릎을 거쳐 발목에 이르기까지 다리를 굽히는 동작), 엘레베와 를르베(Élevé / Relevé; '끌어올리다' / '다시 끌어올리다'라는 뜻의 동작), 바뜨망(Battement; 발로 차는 동작) 등의 동작을 연결하는 동안 수강생들은 마치 자로 재기라도 한 것처럼 반듯한 내 자세를 보며 놀라워했다. 나는 그렇게 바에서의 발레 동작을 반복적으로 연습하며 한 시간 반 동안의 수업을 마무리 지었다.

수강생이 모두 빠져나간 뒤 카디건을 몸에 걸치고 무용원 밖으로 나갔다. 건물 1층에 자리한 편의점에서 참치김밥과 컵라면을 하나씩 샀다. 다시 지하의 무용원으로 내려온 뒤 컵라면의 비닐 포장을 벗기고 정수기에서 뜨거운 물을 받았다. 그러고는 책상 안쪽으로 들어가 앉아 참치김밥의 포장을 뜯었다.

나무젓가락을 반으로 갈라 손에 쥐고 김밥 한 조각을 떼어내 입속에 넣었다. 차갑게 굳은 밥알과 마요네즈에 버무린 참치의 맛이 한데 뒤엉켜 입안 가득 차올랐다. 딱딱함과 부드러움, 비릿함과 고소함이 함께 느껴졌다. 나는 그것을 천천히 씹으며 컵라면의 뚜껑을 열었다. 라면을 젓가락으로 휘휘 저어 뭉친 부분을 풀어주고 컵을 들어 국물을 들이마셨다. 뜨거운 국물에 차가운 밥덩이와 느끼한 마요네즈가 모두 다 쓸려내려가는 듯했다. 나는 그만 컵라면 그릇을 책상에 내려놓고 하아, 숨을 내쉬었다.

김밥과 라면을 다 먹고 난 뒤 탕비실에 가서 플라스틱 양동이를 꺼냈다. 그리고 사무실 안쪽 냉장고의 냉동칸 문을 열었다. 그 안에 든 플라스틱 박스에서 얼음을 모두 꺼내어 양동이 속으로 쏟아부었다. 그렇게 얼음을 잔뜩 담은 양동이와 함께 수건을 한 장 손에 들고 건물 1층과 2층 사이에 자리한 화장실로 들어갔다. 그리고 화장실 벽면 아래쪽에 붙어 있는 수도꼭지를 틀어 양동이 속에 찬물을 받았다.

화장실 변기 칸 안으로 들어가 문을 잠갔다. 양변기의 덮개를 내려 그 위에 걸터앉았다. 타이즈를 벗으려면 그 위에 덧입은 레오타드부터 벗어야 했다. 몸통에 걸친 카디건을 먼저 벗어 화장실 문고리에 걸쳤다. 곧이어 레오타드를 벗은 뒤 타이즈와 함께 둘둘 말아 내렸다. 이내 타이즈까지 모두 벗고 팬티만 입은 상태로 양변기 덮개 위에 궁둥이를 대고 앉았다. 신고 있던 슬리퍼를 벗고 다리를 들어올렸다. 양동이 속 얼음물의 차가운 기운이 온몸으로 전해져왔다. 나는 두 눈을 꾹 감고 양발을 양동이 속으로 쑥 집어넣었다. 물은 곧 수

천 개의 바늘이 되어 내 몸을 찌르기 시작했다. 차갑고, 시리고, 아팠다. 온몸에 소름이 돋고 머리카락이 쭈뼛쭈뼛 일어섰다. 곧이어 위아래 잇몸까지 덜덜 떨렸다. 얼음물의 차가운 기운이 귓바퀴와 정수리까지 파고들었다. 온몸이 다 시리고 아파서 나는 당장에라도 발을 빼내고만 싶었다. 하지만 참았다. 참고 싶었다. 너무 차갑고 괴로워 아무 생각도 나지 않을 때까지, 모든 생각이 사라질 때까지 참고 또 참아야만 했다. 1초, 2초, 3초, 4초, 5초, 6초……. 눈물이 쏙 빠져나올 것만 같이 아프고 괴로운 지금 이 순간만 나에게 남게 될 때까지.

　얼음이 녹자, 물은 더 차가워졌다. 그와 동시에 내 몸 또한 점점 더 커다란 한기에 휩싸였다. 얼음물 속에 담근 두 발은 피를 모두 빨리기라도 한 것처럼 새하얗게 질려버렸다. 1분이 지나고, 2분이 지나고, 3분이 지났다. 하얗던 발이 갑자기 시뻘겋게 변했다. 변하는 것은 순간이었다. 그것은 결코 서서히 변하지 않았다. 그 순간이 지나면 물은 곧 불처럼 뜨거워졌다. 차갑던 것이 서서히 미지근해지거나 따뜻해지는 것이 아니었다. 마치 거대한 불길에 휩싸인 용광로 속의 물처럼 펄펄 끓어올랐다. 그럴 때면 곧 내 몸 전체가 다 불길에 휩싸인 듯했다. 그리고 나는 서서히 사라져갔다. 발이 사라지고, 발목이 사라지고, 종아리가 사라지고, 무릎이 사라지고, 허벅지가 사라지고, 가랑이가 사라지고, 골반이 사라지고, 배꼽이 사라지고, 허리가 사라지고, 가슴이 사라지고, 어깨가 사라지고, 목이 사라지고, 머리가 다 사라져갔다. 모든 것이 사라지고 아무런 느낌도 생각도 떠오르지 않는 지금 이 순간만 나에게 남았다. 물은 정말이지 차갑고 뜨거워, 나에게 떠오르는 수많은 생각을 앗아가버렸다.

얼음은 모두 녹은 지 오래, 양동이에 담긴 물은 이제 뜨겁지도 차갑지도 않았다. 그제야 나는 양동이에서 그만 발을 빼냈다. 수건으로 발의 물기를 닦아낸 뒤 다시 타이즈를 신고 레오타드를 입었다. 문고리에 걸어둔 카디건까지 마저 걸친 뒤 양변기 위에서 일어나 변기 덮개를 들어올렸다. 양동이에 담긴 물을 변기통 안으로 모조리 쏟아넣고 고리를 당겨 물을 내렸다. 발을 담갔던 물이 양변기 속의 물과 섞여 시커먼 구멍 속으로 주르륵 쓸려갔다.

아이

스튜디오 밖 휴게실의 소파에 등을 대고 누웠다. 등받이에 걸쳐둔 무릎 담요를 펼쳐 배 위에 덮어두고 잠시 눈을 붙였다. 얼마나 잠들어 있었을까? 휴대전화 알람 소리에 깨어 시간을 확인해보니 오후 1시 30분이었다. 조금 있으면 대학생 발레 강사가 올 것이다. 그리고 그 뒤에 유치원생을 실은 버스가 오기로 되어 있다.

무용원의 오후 2시 수업은 성인이 아닌 유치원생을 대상으로 하고 있었다. 사립 유치원과 협약을 통해 개설한 수업이었다. 무용과 전공반과 입시반이 사라지며 무용원의 수입이 줄어들자 이런 식으로 유치원과 연계한 어린이 발레 수업으로 돈벌이를 하는 무용원이 늘어났다.

유치원에서는 기본적인 수업 외에도 다양한 예체능 수업을 하게 마련이다. 한데 무용 수업 같은 것을 유치원 건물 안에서 하기에는 아무래도 무리가 따랐다. 공간이 부족하다는 게 가장 대외적인 이유였으나, 안으로 들어가보면 또다시 돈 문제였다. 유치원에서는 무용 전공자에게 높은 강사료를 지불하고 싶지 않아 했다. 따라서 이렇게 무용원과 결탁해 아이들을 버스에 실어 보내는 것으로 예체능 수업을 대체하는 것이었다. 무용원 입장에서도 제법 나쁘지 않은 조건으로 수익이 나는 일인지 원장 선생님은 대학생 발레 전공자를 데려다가 유치원생 수업의 강사로 쓰고 있었다.

무용원 출입구 철제 종에서 딸랑 소리가 났다. 이내 가늘고 기다란 몸에 앳된 얼굴의 여자가 안으로 걸어 들어왔다. 여자는 다소 무심한 듯 고개를 숙여 나에게 인사했다. 나도 "안녕하세요"라고 인사하며 그만 소파에서 일어나 무릎담요를 개키고 출입구 책상 앞으로 갔다. 서둘러 의자에 앉아 컴퓨터 화면 속으로 시선을 돌리며 여자의 얼굴은 그저 스치듯이 훑어만 보았다. 이제 스무 살이나 됐을까 싶을 정도로 앳된 얼굴이었다. 여자는 별다른 말 없이 구두를 벗고 안으로 들어와 탈의실로 향했다. 여자가 탈의실로 들어가 문을 닫고 그 안에서 옷을 갈아입는 동안 나는 어젯밤 수업이 끝난 뒤 무용원 열쇠를 나에게 건네던 원장 선생님의 모습을 떠올렸다.

 "자기 원래 하던 저녁 수업이랑 비슷하게 해주고 대충 끝내면 돼. 작품 진도는 다음 시간에 나갈 거라고 미리 말해놨으니까 시작하기 전에 한 번만 더 말해주든지. 그리고 오후 2시에 유치원 애들 수업이 하나 있거든. 아마 1시 반쯤에 대학생 강사가 먼저 올 거야. 애들은 서른 명 정도 되는데 그 강사랑 같이 애기들 사물함으로 쓰는 바구니를 먼저 스튜디오 안에 깔아놔야 돼. 그리고 50분쯤 되면 건물 앞으로 유치원 차가 와. 미니버스라서 되게 위험하니까 꼭 미리 나가서 기다리고 있어줘. 애기들 손잡고 무용원 안까지 데리고 온 다음에 스튜디오에서 옷만 갈아입히면 돼. 별건 없고, 애들 원피스 지퍼 좀 내려주고 하면 되는데 애들이 워낙 많아서 정신이 좀 없을 거야. 그리고 애기들 가고 나면 스튜디오에 모래가 많이 떨어져 있거든. 청소기로 그거 대충 쓸어내고 마른걸레로 한번 훑어주고……. 오후 수업은 자기가 원래 하던 거니까 그건 됐고……. 그다음엔 평상시대로 문 닫고 집에 가면 땡. 알았지?"

나는 알았다고 대답하고 원장 선생님이 내미는 열쇠를 받아들었다. 말로는 지방대학에서 열리는 무용과 워크숍에 참석한다고 했지만, 왠지 모르게 그만 떠나가려는 사람의 눈빛을 엿볼 수 있었다. 원장 선생님이 지하의 무용원으로부터 벗어나고 싶어 한다는 사실을 이미 오래전부터 알고 있었기 때문일지도 모르겠다. 몸짱과 다이어트 열풍이 불어 회원이 다소 늘었다고는 하나 다들 호기심에 한번 등록해 다녀볼 뿐 서너 달 이상 꾸준히 발레를 배우는 사람은 많지 않았다. 회원으로 등록했다가 한두 번만 출석한 뒤 환불해달라는 사람도 적지 않았다. 계속해서 회원을 유지하고 또 새로운 회원을 들이려면 지역 광고를 내거나 하다못해 전단지라도 만들어 신문보급소, 아파트 우편함 등에 뿌려야 했다. 그도 아니면 직접 길거리에 나가 전단지를 돌리기라도 해야 했다.

할인 행사나 경품 행사 등을 열어 이목을 끄는 것도 나쁘지 않았다. 그동안 이런 일을 한두 번 정도 시도는 해보았으나 다 잠깐이었다. 지속적으로 광고지를 뿌리고 행사를 만들기에는 인력도 자본도 터무니없이 부족한 곳이었다.

모두가 떠나간 경쟁력 없는 무용원을 무엇 때문에 지키고 있는지, 원장 선생님 스스로 가장 답답해했다. 그러나 배운 게 도둑질뿐이라고, 선생님이 배운 거라고는 오직 발레뿐이었다. 회사에 다녀본 적도, 남다른 기술을 익혀둔 것도 없었다. 하루빨리 무용원을 정리하고 커피숍이나 하나 차려볼까 하는 게 그녀의 유일한 대안이라면 대안이고 꿈이라면 꿈이었다. 하지만 그마저도 정말 허황된 꿈에 지나지 않았다. 동네 아파트 단지 한가운데 콕 처박혀 있는 상가 건물의 지하에서 장사를 해봐야 동네 주민과의 놀음이라는 사실을 누구나 알고 있었다. 원장 선생님이 처음 이 무용원을 개원할 당시에는 경기가 호황이었던 까닭에 제법 높은 권리금을 주고 들어왔다고 했다. 그러나 지금은 낡고 오래되어 폐허 같기만 한 이 건물에 그만한 권리금을 주고 들어오려는 장사치가 있을 리 만무했다. 그럼에도 불구하고 헐값에라도 처분만 하면 지방 어디로든 가서 커피숍 하나쯤은 차릴 수 있을 거라는 희망을 선생님은 자꾸만 내비쳤다. 그러던 중 마음에 드는 가게 자리가 났는지 며칠 전부터 부동산 업자와 통화하고 온라인으로 지역 상권을 검색해보기도 하더니 어젯밤에는 급기야 출장 좀 다녀오겠다며 길을 나선 것이었다.

나는 어떻게 되는 걸까? 이 무용원마저 사라져버리고 나면 나는 또 어디로 가서 무엇으로 살게 될까, 생각하며 탈의실 문을 바라보았다. 대학생 강사는 탈의실 안에서 옷을 다 갈아입은 것 같은데도 좀체 밖으로 나오질 않았다. 아마도 그 안에 앉아 책을 읽거나 음악을 듣고 있을 거라고 나는 상상했다. 오늘 처음 보게 된 나하고 얼굴을 맞댄 채 딱히 나눌 만한 이야깃거리 같은 것이 있을 리 없었다. 나 또한 처음 보는 낯선 강사와 구태여 말을 섞고 싶지는 않았다. 애써 나누는 말이라봐야 나이는 몇이냐, 학교는 어디냐, 사는 곳은 어디냐

따위의 형식적인 것뿐일 게 뻔했다.

40분쯤 되어 강사가 탈의실 한쪽에 쌓여 있던 바구니를 양손 가득 들고 나와 스튜디오 안으로 들어갔다. 나 또한 탈의실로 들어가 남아 있는 바구니를 들고 스튜디오로 따라 들어갔다. 서른 개의 바구니 안에는 유치원 아이들이 갈아입을 레오타드와 타이즈, 머리카락 망, 발레 슈즈 등이 들어 있고 바구니 한쪽에 저마다의 이름표가 각각 붙어 있었다.

강사는 포개져 있던 바구니를 하나씩 분리해 스튜디오 벽면을 따라 늘어놓기 시작했다. 나도 강사를 따라 바구니를 바닥에 늘어놓았다. 그러면서 벽면 거울에 비치는 강사의 모습을 쳐다보았다. 강사는 탈의실 안에서 화장을 한 모양인지 처음 현관으로 들어섰을 때보다 이목구비가 훨씬 또렷해 보였다. 우리는 서로 별다른 말 없이 바구니만 꺼내어 늘어놓았다. 그러고 나자 강사가 먼저 1층으로 올라가자고 말했다.

"일찍 나가서 기다려야 하거든요."

"그래요"라고 대답하고 둘이 함께 건물의 1층 현관으로 올라갔다. 건물 앞 차도는 지정된 주정차 구역이 아니라서 서른 명의 아이들이 차에서 내리기에는 다소 위험해 보였다. 미리 나와서 기다리고 있지 않으면 아이들이 다 내리지도 못했는데 차를 빼야 하는 상황이 생길 수도 있다고 강사가 말했다.

차도 앞으로 나온 우리는 다시 아무 말도 하지 않았다. 우리는 그저 도로를 지나는 차를 망연히 바라보았다. 어느덧 1시 50분이 다 되었는데도 유치원 버스가 오질 않았다. 강사가 번번이 휴대전화를 들여다보며 "왜 이러지…… 오늘 되게 늦네"라고 중얼거렸다. 그러고는 내 쪽으로 고개를 돌리며 "원래 이 정도로 늦지는 않는데……"라고도 덧붙여 말했다. 그러나 그 시선은 여전히 나를 향해 있지 않았다. 나는 뭔가 생각해보기도 전에 불쑥 입을 열어 강사에게 물었다.

"점심은 드셨어요?"

"예. 대충요."

강사는 정말 대충 대답했다. 내가 다시 물었다.

"다른 데에도 수업 나가는 곳 있으세요?"

"네. 오전에 압구정 쪽에서 하나 하고 왔어요."

"아……. 그럼 여기까지 오는 데 힘드셨겠네요. 지하

철은 여러 번 갈아타고, 버스는 길이 막히고……. 이래
저래 불편한 동네이지 않나요?"

"네. 그런데 저는 차가 있어서요."

"아, 그렇구나……."

학원 강사는 외로운 직업이었다. 특히나 예체능 계
열 학원에서는 구태여 정규직 강사를 쓰는 일이 거의
없었다. 특정 수업만 서너 개 정도 맡기는 시간제 강사
를 여럿 두는 게 더 싸게 먹히는 까닭이었다. 따라서
무용 강사들 대부분 한곳에 정착하지 못하고 여러 군
데 학원이나 유치원, 시민센터, 문화회관, 학교 특별수
업 등에 출강했다. 한곳에만 수업을 나가는 식으로 일
해서는 편의점 아르바이트보다 못한 돈벌이밖에 되질
않으니까 말이다. 따라서 하루에도 서너 번씩 차를 타
고 여러 지역으로 이동하고 밥도 늘 혼자 먹어야 했다.
그러다 보니 차비나 밥값 또한 자비로 다 감당할 수밖
에 없었다.

그들 모두에게는 뚜렷한 직장이 없으므로 이렇다 할
동료나 선후배도 당연히 없었다. 회식이나 단합대회 같
은 게 없는 것은 두말할 나위도 없었다. 일하며 생기는

고민이나 스트레스를 털어놓을 상대 또한 전혀 없이 모든 것을 혼자서 감내하는 일에 익숙해져야 했다.

"아이들 옷 갈아입히고 어쩌고 하면 2시가 훌쩍 넘는데, 2시 50분에 유치원 버스가 다시 오거든요. 그때 또 애들 태워서 보내야 하니까 35분쯤에는 수업을 마치고 유치원복으로 다시 갈아입혀줘야 돼요. 그러다 보니 정작 수업하는 시간은 30분도 채 안 되더라고요."

낯선 사람과 있을 때 갑자기 대화가 끊기면 더 어색해지고 마는 지점이 꼭 있다. 강사도 그러한 기운을 느꼈는지 애써 말을 꺼내는 기색이 역력해 보였다. 강사의 말에 나 또한 화답하듯 말했다.

"그럼 수업 자체는 별로 어렵지 않겠어요."

"사실 별다르게 가르친다고 할 것도 없죠. 솔직히 30분 동안 수업해봐야 뭘 얼마나 하겠어요. 더구나 아이들은 집중력 같은 게 전혀 없으니까 계속 조용히 해라, 똑바로 해라, 호통만 치다가 끝나는 거죠. 그래서인지 아이들 수업은 뭐랄까…… 발레가 아니라 규율을 가르치는 거라는 생각이 많이 들어요. 어, 버스 왔다!"

강사는 유치원 버스가 반갑다기보다는 나와의 어정

쩡한 대화를 끝마치는 게 더 달가운 사람처럼 소리쳤다. 이미 모두, 혼자인 것이 더 편하고 익숙한 것일까? 타인과 얼굴을 맞대거나 말을 섞는 일이 오히려 부자연스럽게 불편하게 다가오는 일상의 순간들.

  유치원 버스가 건물 앞 도로변에 정차하며 문이 열렸다. 그러자 유치원 보조 교사로 보이는 듯한 사람이 먼저 차에서 내렸다. 여자와 나는 서둘러 그 앞으로 다가가 버스 뒷문 사이로 쪼르르 내려서는 아이들의 손을 잡아주었다. 한데 생각보다 훨씬 많은 수의 아이들이 버스에서 내리는데다가 다들 시끄럽게 떠들어대고 있어 나는 다소 정신이 없었다. 그런 나에게 강사가 서둘러 아이들 열댓 명을 데리고 지하로 먼저 내려가라고 일러주었다. "나머지 아이들은요?"라고 묻자 "제가 어떻게든 데리고 가볼게요"라고 대답하며 나에게 빨리 내려가라고 손짓했다. 버스 뒤쪽에 선 차가 버스를 비켜가며 경적을 울려대기까지 했다. 그 와중에 버스에서 내려선 아이들은 저마다 나를 올려다보며 "선생님, 선생님" 하고 소리를 냈다. "어, 선생님이 바뀌었네"라고 말하거나 "처음 본 선생님이다!"라고 소리치는 아이도 있었다. 그들 모두가 나에게 손을 내밀며 "선생님, 선생님, 손잡아요. 제 손 먼저 잡아주세요, 제 손이요, 선생님"이라고 말했다.

아이들은 너무나 강렬하게 나에게 다가와 손을 잡아달라고 말했다. 나 좀 잡아달라고, 꼭 좀 잡아달라고 매달리기라도 하듯 간절한 몸짓과 눈빛으로……. 나는 아이들의, 맹목적으로 매달리는 행동이 너무 당혹스러웠다. 살면서 누군가에게 이렇게 직접 손잡아달라고 말한 적이 있던가? 아이들은 어째서 아무렇지도 않게 자신의 손을 타인에게 내맡길 수 있을까?

나는 열댓 명의 아이 중 두 명의 손을 붙잡고 건물 계단으로 내려서며 앞서 내린 아이들을 먼저 보냈다. 그리고 뒤이어 따라오는 아이들의 손까지도 일일이 한 번씩 번갈아 잡아주며 모두와 함께 지하의 무용원으로 들어갔다. 아이들은 자그마한 유아용 신발을 벗어 양손에 하나씩 쥐고 폴짝폴짝 뛰어 스튜디오 안으로 향했다. 뭐가 그렇게 급한지 "내가 먼저 갈 거야, 내가 먼저야"라고 소리치며 경쟁하듯 안으로 뛰어들어가는 아이도 있었다.

나는 출입문 앞에 서서 아이들이 계속 내려오는 것을 지켜보며 손을 한 번씩 잡아주는 일을 반복했다. 그러면서 신을 잘 벗지 못하는 아이의 신발 끈을 일일이 풀어주기도 했다. 어느덧 마지막 아이와 함께 강사가 내려왔고, 우리는 다 함께 스튜디오 안으로 들어갔다.

스튜디오 안으로 들어가보니 그곳은 정말 난리도 아니었다. 아이들은 저마다의 신발과 가방을 자신의 이름표가 붙은 바구니 안에 집어넣고 옷을 갈아입는 중이었다. 흰색 타이즈에 검은색 모직코트, 노란색 베레모 차림의 모두 똑같은 유치원복. 내가 먼저 한 아이의 모직코트 단추를 풀어 벗겨내리자 흰색 블라우스 위에 검은 민소매 원피스를 덧입은 모습이 드러났다. 혼자서 모자와 코트를 벗은 뒤 바구니 안에 잘 개켜놓는 아이들의 모습도 보였다.

코트를 벗고 나면 그다음으로는 원피스를 벗어야 했다. 그런데 원피스의 지퍼가 등 쪽에 달려 있어 아이들은 스스로 옷을 벗을 수 없었다. 몇몇 아이들은 알아서 짝을 지은 뒤 번갈아 등을 돌려 서서 상대방 원피스의 지퍼를 내려주기도 했지만, 대부분의 아이들이 나에게 다가와 자신의 옷을 벗겨달라고 말했다. 처음 한 명, 그리고 두 번째 아이의 원피스 지퍼를 내려주는 동안에는 별다르게 떠오르는 생각이 없었다. 나는 다만 이 많은 아이들의 움직임이 때 아닌 소동이라도 되는 것처럼 매우 당혹스럽고 부자연스럽게 느껴져 정신이 없을 뿐이었다. 여섯 살이나 일곱 살쯤으로 보이는 여자아이들은 결코 가만히 있거나 조용히 있질 못했다. 떠들고, 움직이며 계속해서 내 정신을 혼미하게 만들었다. 그러는 사이 아이들이 곧 내 앞에 쪼르륵 줄을 서서 등을 내보였다. 그리고는 "선생님, 저도 벗겨주세요." "제 옷도 내려주세요"라고 말했다.

어느 순간, 등을 보이고 서 있는 아이들의 원피스 지퍼를 내리는 내 손끝이 덜덜 떨렸다. 나는 지금, 나는 지금…… 아무것도 모르는 어린 여자아이의 옷을 벗기고 있었다. 어떠한 생각이나 기억이 떠오르는 것은 결코 아니었다. 나는 아무런 생각도 감각도 없이 그저 자신의 몸을 내맡기는 순진한 아이들의 옷을 차례차례 벗기고 있을 뿐이었다. 그런데 어느 한순간, 정말 순간적으로, 어린아이의 하얗고 보송보송한 속살을 들여다보고 싶다는 욕망이 나를 강타하듯 찾아왔다. 내 손길이, 내 피부가, 나보다 더 먼저 그것을 느끼고 있었다.

이것은 도대체 무엇일까?

아이의 옷을 모두 벗기고, 그 안에 들어 있는 여리고 부드러운 속살⋯⋯. 전혀 때 묻지 않은 순수함을 꼼꼼히 만져보고 싶었다. 이것은 도대체 무엇일까? 그때, 내 옷을 벗겼던 남자⋯⋯. 무거운 물건을 들어야 하는데 자기 혼자서는 들 수 없으니 자신을 도와달라고 말했던 남자. 다정하고 부드러운 손길로 내 손을 꼭 붙잡고 아파트 옥상에 자리한 기계실로 나를 데리고 갔던 남자. 기계실 앞에 이르러 내 허벅지를 붙들고 나를 들어 올려 기계실 문과 이어지는 사다리 벽을 올라가게 했던 남자. 기계실의 어둡고 건조한 공기 속에서 나에게 뒤돌아보라고 말했던 남자. 아무런 의심도 불안도 걱정도 없이 뒤돌아 등을 보이고 섰던 나⋯⋯. 나의 원피스 지퍼를 죽 끌어내리던 남자. 그 남자는 지금의 나처럼 불순함이라고는 찾아볼 수 없는 아이들의 속살을 눈으로 보고 싶었을까? 손으로 더듬어보고 싶었을까? 입으로 빨아보고 싶었을까?

아이의 원피스를 벗기는 일이 두려웠다. 그런 일을 해서는 정말 안 되는 것이었다. 어떠한 이유로도 어린 아이의 옷을 벗기고 그 안을 탐해서는 안 되는 것이었다. 그러나 지금 나는 그럴 수가 없었다. 지금은 발레 수업을 위한 시간이고, 한시바삐 아이들의 옷을 모두 갈아입혀야만 했다. 타이즈를 잡아주고 레오타드를 입혀주어야 했다. 그것이 지금의 내가 해야 할 일이었다. 나는 지금 무엇을 망설이는 것일까? 왜 이토록, 해서는 안 되는 무서운 짓을 저지르는 것처럼 모든 것이 두렵게 느껴질까?

어떻게 해서 아이들의 발레복을 모두 갈아입힌 뒤 스튜디오에서 나와 이 의자에 앉아 있는지 도무지 알 길이 없었다. 분명한 것은, 내가 그 모든 일을 마무리 짓고 나와 지금 여기 의자에 앉아 있다는 사실이었다. 스튜디오 안에서는 익숙한 클래식 음악이 반주곡으로 흘러나왔다.

"자, 따라 하세요. 포-인!"

"포-인!"

"플렉스!"

"플렉스!"

아이들은 선생님의 구령을 병아리처럼 짹짹 따라 하며 포인과 플렉스를 번갈아 하고 있었다.

꽃

춤을 전혀 추지 못하는 나는 아무런 꿈도 가져볼 수
없었다. 리나처럼 환상의 프리마돈나가 되는 일 같은
것은 그저 스치듯이라도 생각해보지 않는 게 당연했다.
무용단에 입단해 수당을 받으며 일하는 무용수가 되는
일조차 나와는 먼 세계의 이야기였다. 나처럼 재능과
실력이 없는 대부분의 무용과 졸업생은 재즈댄스나 방
송댄스, 밸리댄스 등의 강사 자격증을 취득해 피트니스
클럽 같은 곳에서 일했다. 나로서는 그나마라도 할 수
있다면 정말로 감지덕지겠으나, 나는 발레뿐만 아니라

다른 어떤 춤도 추질 못했다. 졸업한 뒤에도 결국 취직하지 못하고 2년 넘게 카페에서 아르바이트만 하면서 살았다.

그러던 어느 날 어릴 적 다니던 무용원을 찾아갔을 때, 나는 별다른 의지나 목적 같은 것조차 가지지 못한 채였다. 나에게는 아주 오래전에 이미 그러한 것들이 사라져 있었다. 어째서 그 당시 살았던 아파트 상가 건물 지하에 위치한 무용원에 찾아갈 생각이 들었는지도 알 수 없었다. 그곳은 단지 리나와 함께 발레를 배우며 매일 드나들던 곳에 불과할 따름이었다. 나는 아무런 의식도 감정도 없이 무용원의 출입문을 열고 안으로 들어갔다. 책상에 앉아 모니터를 들여다보고 있던 원장 선생님이 자리에서 일어나 나를 빤히 올려다보았다. 그리고 내가 인사하기도 전에 나를 먼저 알아보고는 호들갑스럽게 인사했다.

"어머, 예정아. 이게 웬일이니? 야, 너 진짜 오랜만이다."

나도 꾸벅 고개를 숙여 원장 선생님에게 인사했다.

"우와, 너 진짜 하나도 안 변하고 그대로다. 근데 리나는?"

나는 고개를 조금 더 깊게 수그렸다. 그리고 선생님이 나에게 왜 리나의 안부를 묻는지 잠시 생각해보았다. 그러고 보니, 리나는 어디로 가버린 것일까?

"너희 둘이 항상 붙어 다녔잖아. 걔 발레 진짜 잘했는데……. 그래서 맨날 ABT에 들어가겠다고 아주 노래를 부르고 다녔잖아."

리나는 언제나 아이들에게 둘러싸여 있었다. 미국에서 살다 온 발레 하는 아이에게 학급 아이들이 관심과 호감을 가지는 것은 당연했다. 다들 영어 발음에 혈안이 되어 있던 때라 영어 교과서를 들고 리나에게 가서 읽어달라거나 원어민 발음을 가르쳐달라고도 했다. 선생님도 수업 시간마다 리나에게 영어책 읽기를 시키며 칭찬을 해댔다. 리나의 곁은 언제나 사람들로 북적였다.

이따금 나는 등굣길 교문 사이를 지나는 아이들 틈에서 리나의 모습을 지켜보곤 했다. 쉬는 시간에는 소변을 보기 위해 화장실에 들락거리는 여자아이들 틈에서 리나를 바라보았다. 점심시간이면 서둘러 점심을 먹으려는 아이들로 소란한 급식당 안에서도 나는 리나를 바라보고 있었다. 나와는 제법 멀리 떨어진 자리에, 사람들 속에 섞여 있음에도 불구하고 내 눈에는 항상 리나의 모습만 보였다. 리나는 아이들과 함께 있는 중에도 어딘가 모를 다른 세계에 외따로 존재하는 것만 같았다. 그 세계는 과연 어디였을까? 대체 무엇이었을까? 그것은 단 한 번도 본 적 없고 들어본 적 없는 세계. 무엇인지 알 수 없어 더욱 흥미롭고 아름다운, 반드시 들어가보고 싶은 세계와 같았다. 리나의 가늘고 긴 몸과 얼굴 때문이었을까? 건드리면 휘어질 것 같고 바람이 불면 날아가버릴 것만 같은 비쩍 마른 몸속에 과연 무엇이 들어 있는지, 나는 알고 싶었다. 그리고 그 안으로 깊이…… 들어가보고 싶었다.

가늘고 길게 찢어진 리나의 눈매에서도 왠지 모를 강렬한 인상이 묻어나곤 했다. 그것은 또래의 아이들에게서는 발견할 수 없는 유형의 것이라 나는 항상 리나의 모습을 유의 깊게 들여다봐야만 했다. 보고 싶어서 보는 것이 아니라 보지 않을 수 없어서 보는 것. 나는 리나를 바라보고 있는 나를 깨달을 때마다 곧잘 당황하곤

했다. 내가…… 왜 저 애를 바라보고 있지? 언제부터 이렇게 바라보고 있었지? 왜 자꾸 바라보게 되는 거지? 그러나 리나를 바라보는 일을 멈출 수 없었다. 나는 어딘가 다른 세계에 발이 빠지기라도 한 것처럼 정신이 완전히 나가버린 것 같았다. 그러다 불현듯 정신을 차려보면 나는 또 리나를 바라보고 있었다.

나는 리나와 당연히, 친해질 수 없었다. 가까워질 수 없었다. 학교 안에서 나는 항상 따돌림을 당하는 아이였고, 나처럼 왕따를 당하는 아이는 언제나 어디서나 반드시 혼자 다녀야 했다. 등교와 하교를 혼자 하고, 화장실에 혼자 가고, 식당에 혼자 가야 했다. 언제나 고개를 푹 수그린 채로 땅만 바라보고 걸었다. 어느 누구도 나에게 말 걸지 않았다. 손 내밀지 않았다. 학교 안에서 누군가에게 크게 맞거나 괴롭힘을 당하는 경우는 없었지만, 언제 어디서나 모두 나를 피해 다녔다. 삼삼오오 짝을 지어 몰려다니는 여자아이들은 내 주변에서 나를 흘깃흘깃 쳐다보며 수군거렸다. 쟤는 왕따라고, 재수없다고. 그러니까 가까이 가지 말라고, 같이 놀면 안 된다고.

전학생인 리나 역시 나에게 굳이 먼저 다가오거나 말을 걸지 않았다. 모두 나를 따돌리며 뒤에서 수군거리기 때문만은 아니었다. 리나는 그저 본래 타고나기를 자신 외 타인에게 어떤 관심도 가지지 않는 아이였다. 리나에게 중요한 것은 오로지 자기뿐이었다. 관심 가는 것과 바라보는 모든 것이 다 자기 자신에 관한 것뿐이었다. 그 외에는 중요한 것이 아무것도 없었다.

리나의 주변에는 언제나 친구가 많았다. 가만히 있어도 친구들이 먼저 다가가 화장실에 같이 가자고 하거나 밥을 먹으러 가자고 말했다. 학교 안에서는 아무런 이유 없이 따돌림을 당하는 아이가 있는가 하면, 특별한 까닭 없이 인기가 많은 아이도 있게 마련이었다. 리나 역시 그렇게 인기가 많은 아이 중 하나였다. 정작 본인은 인기에 별다른 신경을 쓰지 않는 것 같았다. 리나를 향한 사람들의 시선이나 호감은 그녀의 세계 안에서 매우 합당하고 자연스러운 일이었다. 특별하거나 대단하달 것 없는 일상이었다.

그런 리나에 대한 아이들의 관심이 사그라지기까지는 그리 오랜 시간이 걸리지 않았다. 미국에서 좀 살다

왔다고 잘난 체가 하늘을 찌르네, 싸가지가 없네, 선생님한테도 반말을 하네 등 안 좋은 말이 퍼져나가기 시작한 뒤부터였다. 얼마 지나지 않아 리나는 금세 외돌토리가 되어버리고 말았다. 쉬는 시간이나 점심시간이 되어도 아이들은 더 이상 리나의 곁에 모이지 않았다. 리나는 곧 등하교를 혼자 하게 되었다. 혼자서 화장실에 다녀오고, 혼자서 밥을 먹게 되기도 했다. 그럼에도 리나는 아이들의 냉대에 동요하지 않으려 했다. 나처럼 고개를 숙이고 걸으며 아이들의 시선을 피하려 들지도 않았다. 오히려 더 꼿꼿하고 당당한 자세로 학교에 다녔다. 나는 너희들 따위에 관심 하나도 없어,라는 듯이 말이다. 리나에게 변화가 생겼다면 딱 하나, 나를 바라보기 시작했다는 것이다.

등하교를 혼자서 하고 점심밥도 혼자서 먹게 된 리나는 자꾸만 나를 바라보았다. 나는 이미 오래전부터 혼자서 등하교를 하고, 혼자서 밥을 먹고, 혼자서 화장실에 가는 아이였다. 아주 어렸던 때부터 나는 그렇게 혼자인 채로 학교를 다녔다. 새 학기가 되어 학급이 바뀌거나 이사 때문에 전학을 가게 되는 경우에도 마찬가지였다. 언제나 어디서나 아이들에게 따돌림을 당하는 나의 현실은 변하지 않았다. 처음 1주일에서 2주일, 길면 한 달에서 두 달 정도 잠깐 친구가 생길 뿐 일정한 기간이 지나고 나면 모두 나에게서 떠나갔다. 마치 그것이 '나'라는 사람에게 있어 매우 합당하고 자연스러운 일이라는 양 항상 그렇게 되었다.

아이들은 나를 왜 그토록 싫어하고 또 피하는 것일까? 도대체 나의 무엇이 그렇게 잘못됐고, 무엇이 그렇게 재수 없는 것일까? 나는 홀로 끊임없이 돌아보고 생각해봤지만 아무리 노력하고 또 노력해도 답을 알 수 없었다. 아이들은 어쩌면 나의 너무 큰 키와 비정상적으로 커다란 손발을 이상하게 여기는 것이 아닐까? 이따금 아이들이 수군거리는 이야기를 들어보면 키에 비해 유난히도 짧은 다리와 긴 팔이 징그럽다고 하는 것 같았다. 공부도 못하고 머리도 나쁘고 생긴 것도 마음에 들지 않아 싫다고 말하는 애도 있었다. 그리고 때로는 아무런 이유 없이 그냥 보기만 해도 재수가 털려서 싫다는 애들도 있었다.

모두가 나를 싫어하는 이유……. 나는 그 이유를 끝

내 알아내지 못했다. 어느 누구에게도 그 이유에 대해 드러내놓고 물어볼 수 없었다. 설사 대놓고 물어본다 한들 가르쳐줄 이가 있을 것 같지도 않았다. 그런 이유에 대해 따져 묻고 다니기 시작하면 아이들이 나를 더욱 싫어하고 멀리할 것 같았다. 그래서 나는 늘 나 혼자서 묻고 나 혼자서 대답하기를 반복했다. 도대체 왜? 나를 왜 싫어할까? 나를 왜 피할까? 나는 왜 이렇게 못생겼을까? 나는 왜 이렇게 태어났을까? 끊임없이 묻고 또 묻다 보면 어렴풋하게 떠오르는 것이 있었다. 느껴지는 것이 있었다. 그래, 나는 그것이 바로, 나의 눈 때문이 아닐까, 하고 종종 생각했다.

나는 태어난 지 얼마 되지 않아 뇌수막염을 앓은 적이 있었다고 한다. 다행히 너무 늦지 않게 치료를 받아 특별한 장애가 남지는 않았지만, 병의 후유증으로 왼쪽 눈동자가 반쯤 돌아가버렸다. 병원에서 퇴원하고 난 뒤 내 눈이 이상하다는 것을 알아차린 엄마는 곧바로 다시 병원으로 가 나에게 검사를 받게 했다. 그것은 명백한 사시 증상이었고, 엄마는 나에게 사시 교정 수술을 받게 해주려 했다. 그러나 담당 의사는 아무래도 좀 더 지켜보는 게 좋을 것 같다고 말했다. 어린아이에게 사시 증상이란 꽤 흔한 것이라면서 말이다.

아이들에게는 힘이 없다. 무언가를 똑바로 해내거나 이겨낼 수 있는 힘, 제대로 말하거나 알아들을 수 있는 힘이 매우 약하다. 아이는 어른처럼 제대로 이야기하기 어렵고, 알아듣기 어렵고, 바라보기 어렵다. 차츰 성장해감에 따라 똑바로 들을 수 있게 되고, 똑바로 말할 수 있게 되고, 똑바로 바라볼 수 있게 된다. 따라서 어린아이에게 나타나는 사시 증상은 특별한 일이 아니라고 의사가 말했다. 어린 시절에 말을 많이 더듬던 아이가 별다른 치료과정 없이도 나이가 들면 말을 더듬지 않게 되듯, 어린 시절 사시였던 아이 또한 자연 교정되는 경우가 있다는 것이었다. 그러니 성인이 되고 난 뒤에도 자연 교정이 되지 않으면 그때 수술을 받는 게 합리적이라는 이야기였다.

실제로 나의 눈은 어느 정도 자연 교정되어갔다. 그래서 장애라고 느껴질 만큼 눈에 띄게 눈동자가 돌아가거나 초점이 엇나가지는 않았다. 다만 멀리 있는 사람과 대화를 나눌 적이면 상대방은 내가 자꾸만 엉뚱한

곳을 바라보며 이야기하고 있더라고 했다.

아이들은 그런 나를 이상하게 여겼고, 더러는 무서워했다. 다들 나를 피하고 멀리했다. 고등학교에 들어가기 전 나는 결국 대학병원에서 사시 교정 수술을 받아 남들과 다르지 않은 눈을 가지게 되었다. 그렇다고 해서 나를 피하고 싫어하던 아이들에게 변화가 생긴 것은 아니었다.

리나는 나에게 아무렇지도 않게, 아니 매우 자연스럽게 먼저 다가와주었다. 나를 알아봐주었다. 먼저 손 내밀어주었다. 쉬는 시간마다 나에게 가까이 와서 같이 화장실에 가자고, 점심시간이면 같이 밥을 먹으러 가자고, 하교 시간이면 집에 같이 가자고 말하며 내 손을 잡아주었다. 그리고 매일 아침마다 우리 집으로 나를 찾아와주었다. 우리는 매일 함께 학교에 가고, 화장실에 가고, 밥을 먹었다.

리나는 나에게 자꾸만 꽃을 사다주었다. 함께 있다가도 곧잘 꽃집에 들어가 자그마한 꽃다발을 사주었다. 꽃이 정말 좋아,라면서 나에게 내밀던 맨드라미, 작약, 천일홍, 소국, 라넌큘러스……. 나는 화병에 물을 채워 리나가 사다준 꽃을 꽂아놓았다. 그리고 매일 아침 학교에 가기 전 화병에 물을 갈고 꽃대를 씻었다. 그리고 꽃이 완전히 시들기 직전에 물에서 빼내 옷걸이에 거꾸로 매달았다. 나는 그것을 영원히 간직하고 싶었다. 하지만 수분이 말라가며 점차 변해가는 꽃의 모습을 바라보고 있으면 왠지 모르게 울적한 마음이 자라났다.

너는 나의 어디가 그렇게 좋았어? 어떻게 그렇게, 나에게 다가올 수 있었어?

내가 아무리 묻고 또 물어도 리나는 내 물음에 대답하지 않았다.

내가 그걸 말해주면, 너는 다른 애들한테도 그런 모습을 보여줄 거잖아. 그럼 나 말고 다른 아이들하고 같이 다닐 거잖아.

나의 질문에 곧바로 대답하지 않고 한참 돌려서 말하는 리나의 화법에 내 몸이 자꾸만 붉어졌다.

나는 네가 정말 예뻐서 좋았어. 꽃을 보고 있는 것 같았어. 다 피어난 꽃이 아니라, 꽃이 피어나는 과정을 바라보고 있는 것 같았어. 정말 기쁘고 행복한 순간이었어. 그 모든 아름다운 순간이 나에게 쏟아져들어오는 것만 같았어. 함부로 건드리면 부서질 것 같았어. 꺾어질 것 같았어. 그래서 아주 조심스럽게 안아주고 싶었어. 끌어안고 싶었어.

나는 너랑 있으면 마냥 평온해서 좋아. 나는 언제나 불처럼 타오르기만 했거든. 그렇게 위를 향해서만 날아올랐어. 그러려면 몸을 끊임없이 움직여야 했어. 잠시도 쉬지 않고 뛰어야만 했어. 그래야만 내 안에 불이 꺼지지 않고 타오를 수 있었어. 나는 때때로 너무 힘들어. 너무 지쳐. 쉬고 싶은데, 쉴 수가 없어. 가만히 있을 수가 없어. 누군가 나에게 그렇게 시키거나 명령하는 것도 아닌데 항상 그랬어. 그런데 너랑 있으면 아주 따스하고 평화로운 물속에 잠겨 있는 것만 같았어. 세계가 나를 안아주는 것만 같았어. 그럴 때면 나는 진짜로 쉴 수 있었어. 나에게는 네가 필요해. 스스로 너를 괴롭히지 않으면 좋겠어. 너에게 상처내지 않으면 좋겠어. 너를 예뻐해주면 좋겠어. 너는 정말 예뻐. 예쁜 사람이야. 그래서 내가 꽃 줬어.

우리는 어느새 세상 어디에도 없는 단짝 친구가 되어

있었다. 리나는 나에게 아주 친절하거나 다정하게 굴지는 않았지만, 나는 오히려 그런 리나의 행동이 편하고 좋을 때가 많았다. 리나는 자기 자신과 무용 외에 어느 것에도 관심을 갖거나 신경을 쓰지 않았기에, 내 생김새와 시선이 이상하다는 것, 공부 못하는 아이에 왕따라는 사실에 대해서도 개의치 않았다.

리나와 가까워지고 난 뒤부터 나는 자주 그녀의 집에 가서 잤다. 학교에서건 무용원에서건 우리는 늘 함께 있었지만, 그럼에도 불구하고 나는 그녀와 같이 있고 싶었다. 무용원 레슨이 끝난 뒤 리나와 헤어져야 하는 순간이 올 때 밀려드는 아쉬움과 안타까움을 견뎌낼 수 없었다. 그래서 리나를 집 앞까지 바래다주고도 헤어지지 못하고 그녀의 집 앞 화단가에 앉아 오래도록 이야기를 나누었다. 그녀 안에서 끊임없이 쏟아져나오던 이야기. 나는 리나의 이야기를 듣고 있는 게 좋았다. 그래서 내가 정말 좋아했던 것이 리나 자신인지, 아니면 그녀에게서 쏟아져나오던 이야기인지 종종 헷갈리곤 했다.

아빠는 나이가 아주 많아. 엄마와 함께 삼십대 내내

일만 하다가 마흔 살이 되어서야 나를 낳았어. 우리 아빠는 변호사인데, 사업에도 수완이 있어 미국 변호사 회사에서 부사장까지 지냈어. 지금은 한국에서 회사를 맡게 돼 들어온 거야. 아빠는 집안 대대로 부자였대. 그래서 아빠도 엄마도 나도 가난을 겪어본 적이 없어. 나는 나에게 필요한 것뿐만 아니라 내가 하고 싶은 어떤 것이든 다 할 수 있었어. 가지고 싶은 모든 것을 가질 수 있었어. 발레를 하기 전에는 몸이 매우 약했어. 병원에서는 내 심장이 다른 사람보다 약해서 몸 안에 피와 산소가 원활하게 공급되지 않는다고 했어. 나는 빈혈과 현기증으로 자주 쓰러졌어. 그럴 때면 엄마와 아빠가 하던 일을 모두 멈추고 나에게 달려와 나를 간호해줬어. 내 머리를 어루만져주고, 가슴에 손을 얹어줬어. 엄마와 아빠가 그렇게 내 몸을 주물러주면 제대로 흐르지 못하던 피와 산소가 비로소 흐르기 시작했어. 그게⋯⋯ 눈에 또렷이 보였어. 참 신기했어. 눈에 결코 보이지 않는 것이, 내 몸속에 숨어 있는 것이, 내 눈에는 다 보였어. 온 세상이 나를 붙잡아주고 있는 것 같았어. 쓰러지지 않게, 무너지지 않게, 나를 받쳐주고 있는 것 같았어.

나는 다른 사람의 이야기에 집중하지 못하는 경향이 있었다. 그럼에도 리나의 이야기에는 언제나 귀가 기울어졌다. 몸이 기울어지고, 마음이 기울어졌다. 그것은 귀가 아닌 가슴으로 쏟아져들어오는 이야기였다. 내 몸의 피부를 타고 넘어 뼛속으로, 심장으로, 혈관으로 흘러드는 이야기였다.

　리나의 이야기를 듣고 있을 때면 내 몸은 마치 하나의 어항이 된 것만 같았다. 나는 나의 어항 속으로 리나의 이야기가 더욱 많이 들어올 수 있도록 내 몸이 더 커지면 좋겠다고 생각했다. 몸의 근육이 늘어나고, 관절이 모두 열리면 리나의 이야기가 더 많이 쏟아져들어올 것 같았다. 그러면 리나는 영원히 내 곁에 남아 이야기를 해줄 것만 같았다. 그런 상상을 하면 몸이 저절로 부풀어올랐다. 그렇게 부풀어오르는 몸이 하나도 무겁지 않았다. 리나의 이야기가 내 안에 가득 차오를수록 나는 점점 가벼워지고, 점점 사라져갔다. 내 몸이 사라지고, 내 이야기가 사라지고, 내 삶이 사라지는 듯했다. 무겁기만 하던 나의 이야기가, 바닥으로 가라앉기만 하던 나의 몸이, 공기와 같이, 구름과 같이, 무한히 가볍고 투명해지는 것 같았다. 모두 다 사라져 더 이상 눈에 보이지 않는 것만 같았다. 나는 팔과 다리를 더욱 크게 벌려 온몸으로 리나를 안았다.

체력을 키우기 위해 발레를 시작한 뒤부터 탄탄해진 근육과 골격이 나를 잡아주고 세워주었어. 대신 또 다른 고통이 나를 찾아오기 시작했어. 지금도 팔이랑 다리, 발바닥이 너무 아파. 예정아, 나 좀 주물러줘…….. 응?

나는 비스듬히 누운 리나의 종아리와 발바닥을 주무르며 그녀의 이야기를 들었다. 지방이라고는 전혀 없이 뼈와 가죽 사이 오밀조밀 자라난 근육으로만 이루어진 리나의 몸을 주무르는 일은 쉽지 않았다. 내 손은 자꾸만 그녀의 뼈에 가 닿았고, 그러면 그녀는 아프다고 소리 질렀다. 뼈는 건드리지 마, 아파, 아프단 말이야.

밤이 늦어 졸음이 쏟아지는 시간이면 나는 옆으로 누운 리나의 등을 끌어안은 채로 잠들었다. 그러면 가죽만 붙어 있는 그녀의 앙상한 등뼈가 내 몸에 와 닿았다. 등뼈 안에서 뛰고 있는 심장의 박동이 고스란히 전해져 왔다. 심장의 움직임은 어딘가 모르게 거칠고 불안정했다. 그 가슴을 안은 채로 잠들었던 나는, 그것이 불안과 폭력이라도 좋으니 이 순간이 끝나지 않고 영원히 이어 지기를 바라고 또 바랐다.

어딘가 모르게 싸늘한 기운이 들어 나는 손으로 팔뚝을 쓸어내렸다. 고개를 들어 썰렁한 기운이 감도는 스튜디오 안을 휘휘 둘러보기도 했다. 과거에 우리를 가르치던 선생님은 한 명도 보이지 않았다. 스튜디오에 하루 종일 상주하게 마련인 입시반 아이들 또한 한 명도 없었다. 어쩔 줄 몰라 하는 내 모습이 보였던 것일까? 원장 선생님이 차갑고 건조한 목소리로 여기는 이미 오래전에 이렇게 됐다고 말했다. 경기 침체와 불황의 타격을 가장 먼저 받는 것이 사교육이고, 그중에서도 바로 예술 교육이라면서 말이다.

"아무리 사교육비를 줄인다고 해도 애들 수학, 영어 가르치던 것은 절대 끊을 수가 없지. 무용이나 골프 같은 것까지 가르치기는 다들 힘든 거야. 그래도 미술이나 피아노 학원은 좀 낫다고들 하던데."

맞는 말이었다. 생활고에 허덕이는 판국에 아이에게

발레까지 가르칠 가정이 어디 있겠는가. 게다가 진짜로 돈 있는 집안의 아이는 이렇게 동네 무용원 같은 곳에는 들락거리지도 않았다. 생활고에 흔들리지 않을 만큼 부자라면 저마다 개인 레슨이나 유명 무용원에서 수준 높고 강도 높은 훈련을 받게 마련이었다. 그래서 이렇게 평범한 동네 무용원에는 전공자반이나 입시반이 아예 사라져가고 있었다.

그나마 불행 중 다행이라고 해야 할까? 불경기에도 다이어트 열풍은 꺼지질 않아 성인 위주의 다이어트 발레 수업을 개설하게 됐다고 선생님이 말했다. 최근 많은 연예인이 발레 다이어트로 체중 조절에 성공했다는 뉴스까지 보도되며 회원 수도 급격히 늘어났다.

선생님은 가정용 드립포트로 내린 커피를 잔에 따라 나에게 내주었다. 추출한 지 오래된 커피에서 시고 쌉싸래한 맛이 감돌았다. 선생님과 나는 커피를 마시며 이런저런 이야기를 나누었다. 그러던 중 선생님은 그저 아무것도 아닌 일을 슬쩍 이야기하듯 나에게 저녁 수업을 하나 맡아보지 않겠느냐고 물었다.

"수업이요?"

나는 손에 쥐고 있던 커피 잔을 내려놓고 선생님의 눈을 바라보며 물었다.

"응. 뭐 발레 수업이라 봤자 일반인을 대상으로 하는 거니까 큰 어려움은 없을 거야."

"하지만 저는……."

다들 이미 알고 있는 사실인데도, 말이 목구멍 밖으로 나오려 하질 않았다.

"저는…… 발레를 못해서……."

무용원에서 발레를 가르쳐야 하는데 춤을 전혀 추지 못하는 강사라니. 나로서는 애초에 불가능한 일이라 단 한 번도 생각해본 적 없었고, 그래서 매우 부끄럽고 당황스러웠다.

"진짜 발레를 가르치는 건 아니니까 춤은 못 춰도 상관없어. 이게 뭐 전공자 가르치는 것도 아니잖아. 발레 동작을 가지고 스트레칭이랑 바 운동만 시키면 되는데다가, 고작 한 시간짜리 수업인데, 뭐."

"그래도…… 선생님 저는, 단 한 번도 누군가를 가르칠 수 있을 거라고 생각해보지 않아서…… 자신이 없어요."

"에이, 고작해야 스트레칭이랑 바 운동 조금 시키는 건데 이게 뭐 가르치고 말고 할 거나 있는 일이니? 그냥 평상시 연습하던 것만 구령 붙여서 같이 해주면 돼. 어렵게 생각하지 말고 일단 한번 시작해봐. 당분간 월수금 저녁반 맡아서 해보고, 상황 봐서 더 할 수 있겠다 싶으면 화목 저녁반도 네가 맡아서 해주면 더 좋고."

무용을 전공한 시간 강사쯤이야 구하기 그리 어렵지도 않을 터였다. 다만 무용과를 졸업한 전공자를 데려다가 강사로 쓰려면 적지 않은 수준의 강사료를 지급해야 한다. 한데 지금 무용원 재정으로는 무용 전공자에게 고액의 강사료를 지급하기가 쉽지 않은 것이다. 그렇다고 해서 무용원의 모든 수업을 원장 선생님 혼자서 다 맡아 하기에는 아무래도 무리가 따랐다. 시간상으로야 가능할 수 있기도 하지만, 하루 종일 무용원 안에서만 지내기란 정말이지 고역이 아닐 수 없기 때문이었다. 해서 보통 발레 강사들 강사료의 절반 정도밖에 되지 않는 턱없이 낮은 강사료를 지급하며 나에게 수업을 맡겨보려는 요량인 것이었다.

무용원의 사정이나 조건이 어찌 되었든 간에 나로서

는 딱 잘라 거절하기 쉽지 않은 제안이었다. 나는 지금 당장 무언가를 해야 하거나, 할 수 있는 일이 하나도 없었다. 게다가 어릴 적부터 알아온 원장 선생님의 부탁을 거절하는 것이 왠지 모르게 두렵게 느껴지기도 했다. 낯모르는 사람들 앞에 서서 무언가를 가르친다는 것은 너무나 부끄럽지만……. 정 부담스러우면 자신이 직접 수업 구성을 짜서 지도 방식까지 일일이 알려주겠다는 선생님의 말을 거스를 수 없어 그만 알았다고 대답해버렸다.

재수 없는 년

나는 의자에 멍하니 앉아 남자와 마주쳤던 날을 떠올리고 있었다. 이제껏 살아오면서 단 한 번도 떠올려보지 않은 그날. 모두 나에게 절대로 이야기하지 말라고 해서, 생각조차 하지 말고 하루빨리 잊으라고 해서, 그래서 그렇게, 내 의식의 저편으로 밀어둔 채 단 한 번도 꺼내보지 않았던 그 남자와, 그날의 일.

여덟 살, 초등학교에 입학해 처음으로 맞이한 봄 학기였다. 그런데 나와 짝꿍이 된 남자아이가 나를 매일 괴롭혀 나는 학교에 가기가 싫었다. 그 애는 쉬는 시간마다 내 원피스 자락을 들춰 팬티 색깔을 확인한 뒤 다른 남자아이들에게 알렸다. 그러면 학급의 모든 남자아이들이 누런 이를 드러낸 채로 괴물같이 웃으며 나를 쳐다봤다. 그리고 다들 내 팬티 색깔을 이야기했다. 나는 아이들의 시선과 놀림으로부터 도망치거나 숨을 곳이 없어 차라리 죽어버리고만 싶었다.

그뿐만이 아니었다. 내 짝이었던 아이는 엄마가 예쁘게 묶어준 나의 머리카락을 죄다 쥐어뜯어 엉망으로 만들어놓았다. 함께 쓰는 책상에는 자기 공간을 넓게 차지한 뒤 분필로 금을 그어놓기도 했다. 금을 조금이라도 넘어오면 나를 죽여버리겠다고 말했다. 간혹 내가 실수로 금 너머에 물건을 놓아두면 정말로 내 뺨을 후려치거나, 의자에 앉아 있는 나를 발로 차서 바닥으로 굴러떨어지게 만들었다.

나는 부모님과 선생님에게 짝꿍이 나를 심하게 괴롭힌다고 이야기했다. 그러나 모두 껄껄 웃기만 하면서 "그 애가 너를 좋아하나보다" 혹은 "너한테 관심이 있어서 그러는 거야. 어릴 때는 다 그래"라고 말했다. 하지만 아무리 보아도 그 애는 나를 전혀 좋아하지 않았다. 아니, 나를 너무나 싫어했다. 마치 나,라는 사람의 존재 자체를 견딜 수 없어 하는 듯 보였다. 그 증거는 바로 내 앞자리에 앉은 여자아이에게 있었다. 짝꿍은 앞자리 여자아이를 좋아했다. 갈색의 머리카락이 길고 풍성했던 아이. 투명한 피부에 커다란 눈동자를 가진 그 여자아이를 좋아해, 날이면 날마다 과자를 선물하고 가방을 들어주며 하굣길을 함께했다.

나는 나를 괴롭힐 때 짝꿍의 악마 같은 얼굴보다 자신이 좋아하는 아이를 대할 때의 천사 같은 얼굴이 더 무섭게 느껴지곤 했다. 그래서 나는 절대 아니라고, 내 짝꿍은 다른 여자아이를 좋아하고 있다고 어른들에게 말했지만, 어느 누구도 내 말을 진짜로 들으려 하지 않았다.

그날 나는 짝꿍의 괴롭힘을 견디다 못해 교실 밖으로 뛰쳐나가버렸다. 학교의 담벼락 너머로 3교시 수업이 시작되는 종소리가 울렸다. 그 소리를 듣고도 교실 안으로 돌아가지 않았다. 나는 학교 건물 뒤쪽의 잔디밭에 오래도록 앉아 있었다. 그러다가 책가방도 신발도 없이 맨몸으로 길을 걷기 시작했다. 애써 학교에서 빠져나오긴 했으나 딱히 갈 곳이 있거나 가고 싶은 곳이 있지는 않았다. 아직 여덟 살. 집과 학교 외에는 가본 곳도 가야 할 곳도 없었다. 그러나 지금 집으로 돌아가면 엄마에게 왜 벌써 돌아왔느냐고, 가방과 신발은 어디에 두고 실내화만 신은 채로 집에 왔느냐고 잔소리를 들으며 혼이 날 게 뻔했다.

나는 학교 앞 슈퍼로 들어갔다. 그리고 원피스에 달린 주머니 속에서 동전을 꺼내 수박 맛 아이스크림을 하나 샀다. 포장지는 벗겨서 쓰레기통에 버린 뒤 아이스크림을 입속에 넣었다. 그리고 천천히 빨아 먹었다. 나의 입술과 혓바닥은 수박의 속살과 같이 새빨갛게 물들었다.

어쩌다 마주친 것이었을까? 어째서 나는 거기서, 남자를 마주친 것이었을까?

나는 어느덧 집 가까이까지 걸어왔다. 그러나 집으로 들어가지 못하고 아파트 주변만 맴돌았다. 그때 낯선 남자가 나에게 다가와 말을 걸었다. 낯선 어른의 등장에 엄마가 늘 하던 말이 떠오르며 어깨가 먼저 움츠러들었다. "누가 과자 사준다고 해서 함부로 따라가면 안 돼"라던 말. 나는 그 말을 귀에 못이 박히도록 들었다. 그러나 남자는 그렇게 말하지 않았다. 남자는 그저 자신을 도와달라고 말했다. 무거운 물건을 들어야 하는데 자기 혼자서는 들 수가 없으니 자기를 좀 도와달라고 했다. 그래서 내가 "그게 뭔데요?"라고 묻자 그것은 가보면 안다고, 나라면 분명히 자신을 도와줄 수 있을 것 같다고, 내가 꼭 도와주면 좋겠다고 말했다. 나는 내가 무언가 할 수 있는 아이라고 한 번도 생각해보지 않았지만, 아저씨의 부탁을 거절할 수는 없었다. 또 남자가 말하는 물건이 무엇인지, 남자가 말하는 곳은 과연 어디일지 궁금하게 여겨지기도 했다. 그곳에 가서 남자를 도와주고 난 다음 집으로 돌아가면, "엄마, 나 오늘 착한 일을 했어"라고 자랑스럽게 이야기할 수 있을 것 같았다. 그리고 착한 일이나 좋은 일을 했을 때 학교 선생님에게 받을 수 있는 보라색 스티커를 포도송이가 그려진 도화지 위에 붙이게 되리라 예감했다. 머지않아 포도 알맹이 스티커를 모두 채운 나는 선생님에게 선물을 받게 되겠지. 나는 선생님에게 칭찬과 선물을 받을 거라는 생각으로 잔뜩 부풀어올랐다.

남자가 나를 데려간 곳은 내가 살던 아파트의 맞은편 동이었다. 남자와 함께 엘리베이터를 타고 아파트 15층까지 올라가자 그가 내 손을 붙잡았다. 나는 남자의 손을 잡고 15층 계단을 통해 한 층 더 올라갔다. 그러자 아파트 옥상으로 빠져나가는 철문이 나왔다. 남자가 먼저 철문을 열고 밖으로 나갔다. 나도 그를 따라 한 걸음 한 걸음 걸어갔다. 처음 올라와본 아파트 옥상에서 서늘한 바람과 함께 매캐한 시멘트 냄새가 훅 끼쳐왔다.

남자와 함께 푸른색 물탱크 사이를 지나 시멘트 벽 앞까지 다다르자 사다리를 타고 올라가야 하는 철문이 또 하나 나왔다. 그러자 남자는 나를 번쩍 들어올려 사다리에 매달리도록 했다. 그리고 내 등 뒤로 바짝 달라붙어서 나를 밀어올렸다. 나는 팔을 하나씩 뻗어 사다리를 꽉 붙잡았다. 그리고 남자가 나를 밀어주는 힘에 의지해 겨우 철문 앞까지 기어 올라갔다. 그러자 남자가 나를 등 뒤에서 감싸 안고 시멘트 벽의 철문을 열어젖혔다.

나는 남자와 함께 철문 쪽으로 기듯이 걸어 들어갔다. 남자는 나를 안은 채 안으로 쑥 들어간 뒤 곧바로 뒤돌아 철문을 쾅 소리 나게 닫았다. 남자의 품에서 떨어져나온 나는 정신을 차리고 주변을 돌아보았다. 그 안에는 생전 처음 보는 커다란 기계들이 잔뜩 늘어서 있었다. 벽에는 붉은색과 푸른색 파이프들이 연결되어 있었다. 좋지 않은 공기가 가득 차 있는데다가 너무 어두컴컴해서 공연히 무서운 느낌이 들었다.

나는 계속해서 주변을 두리번거리며 커다란 기계를 올려다보았다. 어쩐지 남자를 쳐다볼 엄두가 나질 않았다. 그를 바라보는 것이 두렵게 느껴졌다. 무언가 잘못 됐다는 생각도 들었다. 남자에게 속은 것 같다는 생각이 들었지만 나의 착각일 거라고 믿으려 애썼다. 괜찮아. 아무것도 아니야. 잘못된 게 아니야. 아무 일도 일어나지 않아. 다 잘될 거야, 괜찮아,라고 속으로 되뇌며 남자를 바라보았다. 아무렇지도 않은 체하는 침착한 목소리로 "저…… 뭘 해야 돼요?"라고 물었다. 그러자 남자가 나에게 뒤돌아보라고 말했다. 그 말에 따라 나는 휙 뒤돌아섰다. 그 순간, 등 뒤로 서늘한 바람이 훅 끼쳐왔다. 그가, 나의 원피스 지퍼를 끌어내린 채였다.

깜짝 놀란 내가 다시 뒤돌아서자 이번에는 남자가 자신의 윗옷을 벗었다. 나는 남자가 나쁜 사람이라거나,

나에게 해코지를 할 거라는 의심을 하지 않으려 노력했
다. 이것이 내가 해야 할 어떤 일과 연관이 있나보다,라
고 생각하려 들었다. 곧이어 남자가 자신의 윗옷을 시
멘트 바닥에 깔고서 나에게 그 위로 누우라고 했다. 무
언가 잘못됐다는 생각이 밀려들며 그만 돌아가고 싶은
마음이 들었으나, 나는 거기서 나갈 수 없었다. 그러자
너무나 무서운 느낌이 소용돌이치듯 내 안에서 일어났
다. 나는 소리를 지를 수도, 몸을 움직일 수도 없었다.
이게, 이게 무엇일까? 여기서 지금 무슨 일이 벌어지고
있는 걸까? 나는, 나는, 지금 일이, 도대체 무엇인지, 도
무지 알아차릴 수 없었다. 나는 이제 어떻게 되는 것일
까? 이곳은 도대체 어디일까? 생각하는 사이 갑작스럽
게 모든 세계가 뒤죽박죽 엉켜들었다. 마치 책에서 보
았던 지구의 표면과도 같은 모양으로 지금 공간과 순간
이 섞여들고 있었다. 그 속에서 나는 정말이지 아무것
도 할 수 없었다.

　나는 남자가 시키는 대로 시멘트 바닥에 등을 대고
누웠다. 그러자 남자는 내 몸에서 원피스를 벗겨냈다.
남자의 발가벗은 몸통이 내 위로 포개어졌다. 그의 커

다란 얼굴이 내 귓가에 가까이 다가왔다.

"괜찮아. 아저씨 나쁜 사람 아니야. 괜찮아. 아저씨 지금 나쁜 짓 하는 거 아니야."

남자는 그렇게 말하며 발가벗은 내 몸통을 오른팔로 휘감아 안았다. 그리고 나에게 물었다.

"애기야. 이름이 뭐야?"

"서예정이요."

"그래. 예정이…… 예정이는 착한 어린이지? 그렇지?"

나는 아무 대답하지 않고 눈을 꾹 감아버렸다.

"지금부터 아저씨가 하는 말 잘 들을 수 있지? 아저씨 말 잘 듣고 가만히 있으면 이따가 집에 꼭 보내줄 게. 그러니까 무조건 아저씨가 하는 말 들어야 돼, 알았지?"

왜, 왜? 남자는 나에게 왜 이러는 것일까? 왜, 나에게 갑자기 이러한 일이 일어나는 것일까? 도대체 뭐가, 어디서부터 잘못된 것인지 알 수 없었다. 나는 그의 입에서 나오는 말보다 그의 입에서 나오는 후덥지근한 입김 때문에 더욱 두려운 감정을 느꼈다. 곧이어 쩍쩍 갈라져 있던 그의 입술이 내 입술에 닿았다. 우리 딸 뽀뽀, 라고 말하던 엄마의 입술과는 달랐지만 뽀뽀는 익숙한 것이기에 정말이지 나는 아무렇지 않았다. 아무렇지 않으려 했고, 아무렇지 않고 싶었다. 그러나 그다음부터는 결코 아무렇지 않을 수 없는 일이 계속해서 일어났다. 축축한 침에 흥건히 젖은 남자의 혓바닥이 내 입속으로 쑥 들어오는 순간, 생에 처음으로 마주한 어마어마한 크기의 공포와 두려움과 메스꺼움이 내 안으로 한꺼번에 들이닥쳤다. 나는 이것이 대체 무엇인지 알 수 없었다. 생전 처음 느껴보는 냄새와 촉감 그리고 통증이었다. 커다란 뱀 한 마리가 내 머릿속을 기어다녔다. 물컹하고 비릿한 뱀의 두툼한 몸통이 내 입을 타고 들어와 머리통 속을 스멀스멀 기어다니고 있었다. 물컹물컹한 뱀의 몸통은 내 목구멍 사이를 비집고 들어와 배꼽과 가랑이까지 파고들었다. 무섭고, 두려웠다. 어마어마한 뱀의 몸통이 내 몸을 헤집었다. 뱀의 몸통이 지나간 자리마다 내 속은 갈기갈기 찢어져나갔다. 그러다 나도 모르게 남자의 혓바닥을 꽉 깨물어버렸다. 남자는 깜짝 놀라며 내 입에서 잠시 혓바닥을 빼내긴 했으나 크게 개의치는 않았다. 그러고는 나에게 왜 그러는 거냐고, 이건 나쁜 게 아니라고, 정말이지 아무 일도 아니라고 말하며 다시 한번 내 입속에 더럽고 징그러운 혓바닥을 밀어넣었다. 남자의 혀는 다시 뱀의 몸통이 되어 내 안으로 쑥 밀려들었다.

죽음과도 같은 시간. 외부의 시간은 흐르고 있으나 나에게는 모든 것이 정지되어 흐르지 않는, 흐를 수 없는 시간. 내 몸과 의식의 기능이 멈춰버리고 마는 시간. 남자는 내 입에서 그만 혓바닥을 빼내고 팬티를 벗겨도 되느냐고 물었다. 남자의 당당하고도 저돌적인 태도에 나는 뭔가 죄를 짓는 사람 같은 심정이 되어버리고 말았다. 내가 고개를 가로젓자 남자는 다시 한번 나에게 "왜?"라고 물었다. 나는 잘 모르겠다고, 그냥, 너무 무섭다고 대답했다. 남자는 순순히 "그래, 그럼 안 할게. 알았어. 안 할게, 안 할게……"라고 말하며 커다란 손으로 내 등을 더듬더듬 만졌다. 그의 손이 닿고 지나가는 자리마다 피부가 훌러덩훌러덩 벗겨져나가는 것 같았다. 남자의 손은 곧 내 허리를 타고 내려와 팬티 안으로 기어들었다.

나는 집에 가고 싶다고 말했다. 비명을 지르거나, 울고 싶은 마음이 없는 것은 아니었다. 내가 그렇게 한다고 해서 남자가 나를 때리거나 죽여버릴 거라는 생각은 들지 않았다. 나는 다만, 내가 갑자기 소리를 지르거나 엉엉 울어버리면, 남자가 너무 당황한 나머지 나를 이곳에 놔두고 혼자서 달아나버릴까봐 무서웠다. 그러면 나는 이곳에, 어둡고 컴컴한 기계실에…… 혼자 남겨질 것이다.

　나는 남자의 도움 없이는 이곳에서 빠져나갈 수 없었다. 옥상으로 다시 내려가는 사다리는 그 자체만으로 매우 무섭고 위험천만했다. 아무런 보호 장치가 없음은 물론이고 간격 또한 무척이나 넓어 나의 짧은 발은 그곳에 제대로 닿지도 않았다. 따라서 남자가 나를 안고 내려가주지 않으면 나는 절대로 이곳에서 나갈 수 없었다. 그런데 만약, 남자가 나를 이곳에 남겨둔 채 홀로 달아나버리면, 나는 어떻게 되는 걸까? 아무도 찾아오지 않고 들여다보지 않는 어두컴컴한 방 안에 갇혀 펑펑 울기만 하다가 결국엔 죽게 될 것이다. 그렇게 죽고 난 이후에도 아무도 나를 찾으러 오지 않아 내 몸은 점차 썩고 진물이 흐르고 구더기가 쏟아져나오는데도 나는 버려진 채 그대로 영원히 이곳에 붙박여 있어야 할 것이다. 절대로 이곳에 혼자 남고 싶지 않았다. 어떻게든 돌아가고 싶었다. 어디라도 좋으니 제발 이곳에서 벗어나고 싶었다. 한데 남자가 막상 나에게 "집에 가고 싶어?"라고 물었을 때는, 아무런 대답도 할 수 없었다.

집으로 돌아가면 가장 먼저 엄마에게 혼이 나거나 매를 맞는 일이 기다리고 있을 게 뻔했다. 정신을 어디다 팔고 다니는 거냐고, 왜 그러는 거냐고, 도대체 뭐가 문제인 거냐고 끊임없이 나를 때리고 다그칠 것이 분명했다. 그리고 다시 학교에 나가게 될 것이다. 짝꿍으로부터 또다시 견디기 힘든 괴롭힘을 당하며 지내게 될 것이다. 여전히 나의 말 따위는 아무도 들어주지 않는 현실이 이어질 것이다.

망설이고 있는 내 위에서 남자가 그만 몸을 일으켜 앉았다. 나도 조심스럽게 일어나 바닥에 떨어져 있던 원피스를 집어 들었다. 나는 그것으로 내 몸을 먼저 가렸다. 남자 또한 내가 깔고 누웠던 자신의 윗옷을 집어 몸통에 끼워넣었다. 나는 남자의 손이 더 이상 내 몸에 닿지 않기를 바랐다. 그래서 원피스를 어떻게든 혼자서 입어보려 했다. 그러자 남자가 "혼자서 입을 수 있어? 이리 와봐, 아저씨가 입혀줄게"라고 말했다. 나는 남자의 손이 자꾸만 내 몸에 닿는 게 싫어 아무런 대답 하지 않고 어떻게든 혼자서 원피스 지퍼를 올리려고 했다. 하지만 나는 결국 남자에게 다시 등을 보이고 설 수밖에 없었다. 나에게는 무엇 하나 혼자서 해낼 힘이 없었다. 나 혼자의 힘으로는 원피스의 지퍼조차 올릴 수 없었다. 내가 별수 없이 뒤돌아서자 남자는 손바닥으로 내 등과 가슴을 한참이나 더 만지고 나서 원피스 지퍼를 올려주었다.

그 뒤 남자는 나를 안은 채로 기계실 철문 아래 매달린 사다리를 내려갔다. 그렇게 해서 그곳을 빠져나왔다. 남자가 "가자"라고 말하며 내 손을 붙잡고 옥상 출입문 앞으로 갔다. 그리고 다시 아파트 15층 계단과 연결되는 통로가 나왔을 때 남자가 나에게 혼자서 계단을 내려가 엘리베이터를 타라고 말했다. 내가 "아저씨는요?"라고 묻자, 자기는 또 다른 일이 있어 급히 가봐야 한다며 엄청나게 빠른 속도로 계단을 뛰어내려갔다.

계단과 이어진 복도를 지나 엘리베이터 문 앞에 이르렀을 때, 복도 반대쪽에서 사람들의 목소리가 들렸다. 그 순간 나는 이 일을 사람들에게 이야기하고 싶었다. 사람들이 나를 도와줄 수 있을 것 같았다. 남자가 나에게 거짓말을 했고, 나를 속였고, 나는 너무나 무서운 일을 당했다. 나는 일부러 큰 소리를 내어 울기 시작했다. 그러나 누구도 나의 울음소리를 듣지 못했다. 아무도 나의 소리에 귀 기울이지 않았다. 아무도 나에게 다가오지 않았다. 나는 더욱 크게 소리 질렀다. "아줌마, 아줌마, 도와주세요"라고 소리쳐 말했다.

내 곁으로 사람들이 다가오기 시작했다. 그들 모두 여자였고, 세 명이었다. 아파트 주민으로 보이는 여자가 두 명이었고, 한 명은 요구르트를 배달하는 여자였다. 그 사람들과 마주하자 눈물이 정말 걷잡을 수 없을 정도로 펑펑 쏟아져나왔다.

사람들이 "왜 그러니 얘야, 무슨 일이야? 얼른 말해봐. 말을 해야 도와주지"라며 나를 채근했다. 나는 계속 엉엉 소리 내어 울며 가까스로 입을 열었다. "아저씨가, 어떤 아저씨가……"라고 말했다. 그러자 여자들이 눈을 동그랗게 뜨고 "어머, 왜? 무슨 일이야? 아저씨라니? 어떤 아저씨? 아저씨가 너를…… 어떻게 했어? 무슨 짓 했어?"라고 물었다. 나는 손으로 눈물을 닦으며 고개를 끄덕였다.

"네. 저한테 뭣 좀 들어달라 그래서…… 그래서 따라 갔는데, 아저씨가 제 옷을 벗기고 괴롭히다가 저 계단 으로 뛰어서 가버렸어요."

여자들이 어머 이게 대체 웬일이냐고 말하며 얼른 경 비실에 연락하자고 했다. 아파트에 수상한 남자가 있다 며 당장 잡아야 한다고 말했다. 나에게 집이 어디냐고, 너희 엄마는 어디에 있냐고도 물었다. 사람들의 물음에 하나하나 대답하고 나자 아파트 경비원이 와서 나를 경 비실로 데려다주었다.

얼마간의 시간이 지난 뒤 엄마와 아빠가 나를 찾으러 왔다. 그리고 수상한 사람이 보이면 바로 신고해달라는 안내방송이 나오기 시작했다. 오후 시간 내내, 아파트 는 마치 일대 소동이라도 인 듯 분주하게 움직이고 있 었다.

아빠는 혼자서 어디론가 가버리고, 나는 엄마의 손

에 붙들려 집까지 끌려갔다. 엄마는 나를 끌고 가는 내
내 "아유, 이 칠칠치 못한 것. 거기서 왜 소리를 질렀어!
대체 왜 사람들을 불렀어!"라고 소리 지르며 화를 냈다.
집으로 돌아온 뒤에는 손으로 내 등과 어깨를 마구 때
리기 시작했다. 나는 내가 뭘 잘못했는지 알 수 없지만
엄마에게 맞는 게 아프고 괴로워 현관 앞바닥에 무릎을
꿇고 앉아 무조건 잘못했다고 말했다. 엄마, 엄마 내가
잘못했어요. 다시는 안 그럴게요. 그러니까 제발 때리
지 마⋯⋯. 내 머리와 얼굴과 등짝과 엉덩이를 손으로
마구 내려치던 엄마는 어느 순간 바닥에 주저앉아 내
몸통을 붙들고 울기 시작했다. 그냥 조용히 오지, 혼자
집으로 오지⋯⋯ 엄마한테 먼저 오지. 대체 왜, 왜 그랬
어⋯⋯. 이제⋯⋯ 이제 여기서 어떻게 살아⋯⋯.

　그날 이후 아파트 경비원은 사회의 악과 같은 그놈을
반드시 잡고야 말겠다며 떠벌리고 다녔다. 그러나 그는
끝내 남자를 찾아내지 못했다. 미친개 같은 그 새끼는
이 아파트에 사는 사람이 아니라는 자신만의 수색 결과
를 다시금 떠벌리고 다닐 뿐이었다.

　다시 학교에 나가게 되었을 때, 짝꿍은 더 이상 나를

괴롭히지 않았다. 자기네 엄마에게 들었다며, 내가 정말이지 더럽다고 내 몸에 손도 대지 않으려 했다. 나에게 가까이 오지 않으려 했다.

　나는 그렇게나마 짝꿍의 괴롭힘으로부터 벗어나게 되어 얼마간은 마음이 편하고 좋았다. 그러나 곧 학급의 모든 아이가 나를 피했고, 나는 공공연하게 따돌림을 당하기 시작했다.

　아파트 단지 내에서 마주치는 어른들도 나에게서 멀찍이 떨어져 서서 자기들끼리 수군거리거나 혀를 끌끌 찼다. 그리고 얼마 지나지 않아 우리 집은 서울의 다른 동네로 이사를 했다. 학교를 옮기고, 새로운 친구를 사귀게 되었다. 하지만 그것도 잠깐에 불과했다. 대부분의 아이와 나는 처음에만 친해질 뿐 끝까지 잘 지내지 못했다. 사람들이 나에게 자주 내뱉던 말처럼, 나는 정말로 재수 없는 년이기 때문이었다.

그랑 주떼

스튜디오 안에서 음악 소리가 울려퍼지는 가운데, 갑자기 소리가 더욱 크게 들려왔다. 그 소리에 놀라 고개를 돌려보니 열린 스튜디오 문 사이로 한 아이가 삐죽이 빠져나와 있었다. 아이는 나를 바라보며 오도 가도 못하고 서 있기만 했다.

내가 가까이 다가가 "왜 그래? 무슨 일 있어?"라고 묻자 아이는 별다른 대답도 못하고 몸을 배배 꼬았다. 그러고는 두 손을 가랑이 사이로 집어넣으며 나를 올려다보았다.

"쉬 마려워?"

"내가 묻자, 아이가 고개를 끄덕였다."

"화장실, 밖에 있는데."

나는 아이의 손을 붙잡고 현관까지 같이 가주었다. 그러나 현관에는 아이의 신발이 없었다.

"아, 신발이 다 바구니에 있지?"

나는 마치 혼잣말하듯 물었다. 아이들이 사물함으로 사용하는 바구니는 이미 스튜디오 안쪽 벽면에 쪼르륵 놓여 있었다.

아직 수업 중인데 스튜디오 안에 들락날락하기가 아무래도 어려웠다. 나는 별수 없이 두 팔을 벌려 아이의 허벅다리를 잡은 뒤 몸통을 들어올렸다.

"그냥 선생님이 데려다줄게."

내가 말하자 아이는 두 팔을 뻗어 내 품으로 쏙 들어와 안겼다. 아이는 눈으로 대충 보았던 것보다 훨씬 작고 가벼웠다. 나는 아이를 품에 안고 현관에 놓아둔 슬리퍼를 꿰어 신은 뒤 출입구 유리문을 열어 밖으로 나갔다. 화장실은 1층 계단참에 자리해 있었다. 나는 천천히 계단을 걸어올라가 화장실 문을 열고 안으로 들어갔다. 그리고 양변기가 있는 칸의 문을 열었다. 아이를 그만 내려주어야 했으나 화장실 바닥의 타일 위에 맨발의 아이를 놔둘 수는 없었다. 나는 아이를 왼쪽 팔로만 끌어안고 오른손으로 양변기의 덮개를 내렸다. 그 덮개 위에 아이를 내려놓고 앉히자 아이가 나를 멍한 눈으로 올려다보았다.

아이의 눈을…… 제대로 바라본 적이 있던가? 아이의 눈동자는 초점이 잘 맞지 않아 정말로 사시처럼 보였다. 아직 무언가를 정확하게 바라볼 수 있는 힘을 가지지 못한 눈. 그렇게 초점이 불분명한 눈을 뜨고 입술을 살짝 벌린 채 나를 올려다보는 아이…….

아이가 오줌을 싸려면 일단 타이즈와 팬티를 벗어야 했다.

그러려면 타이즈 위에 입은 레오타드까지 함께 벗어야 했다. 나는 손으로 아이의 진분홍색 레오타드 어깨끈을 붙잡아 내렸다. 아이의 몸통이 드러나도록 레오타드를 벗겨내자 허리에서부터 발끝까지의 몸통을 감싸고 있는 분홍색 타이즈가 나왔다.

나는 타이즈 밴드를 붙잡고 아이의 팬티와 타이즈

를 둘둘 말아 내렸다. 그렇게 벗긴 레오타드와 타이즈를 아이의 무릎 사이에 걸쳐둔 채 다시 아이를 품에 안고 들어올렸다. 옷을 완전히 벗은 아이의 작고 보드라운 몸이 내 목덜미에 와 닿았다. 선뜩한 느낌. 나는 조금 전과 같이 아이를 왼쪽 팔로 안은 뒤 양변기 덮개를 올렸다. 그리고 아이가 변기에 걸터앉을 수 있도록 몸을 꼭 잡아주었다.

어째서였을까? 아이는 오줌을 싸지 못했다. 양변기에 앉은 채 그대로 고개를 들어 사시 같은 눈동자를 나를 바라보고만 있었다. 입술이 여전히 반쯤 벌어진 채로 말이다.

"오줌 왜 안 싸?"

내가 묻자, 아이가 "안 나와요"라고 대답했다.

나는 아주 어렸을 적 엄마가 나에게 해주던 것과 같이 아이에게 "쉬이" 소리를 내주었다.

"따라해봐. 쉬이 하고 소리 내면 쉬가 나올 거야. 쉬이……."

아이가 나를 따라 쉬이, 소리를 내자 이내 오줌발이 떨어지는 소리가 났다. 그 순간, 그 순간 나는 문득, 아이를 내 입속에 집어넣고 싶었다. 작고 조그마한 아이, 여리고 부드러운 속살, 초점이 흐릿한 눈, 벌어진 입술 사이로 드러나 보이는 연분홍색 혓바닥……. 아이를…… 아이를 통째로 입속에 넣은 뒤 천천히 빨아 먹고 싶었다. 푸딩처럼 달고 부드러운 아이를 입안 가득 밀어넣고 싶었다. 내 속에 가득 채우고 싶었다. 아이가 다치거나 부서지지 않도록 조심스럽게 혓바닥을 굴려 천천히 빨아 먹고 싶었다.

손끝이 덜덜 떨렸다. 아이는 오줌을 다 쌌는지 더욱더 강렬하게 나를 올려다보았다. 나는 그런 아이에게 화장지를 조금 뜯어주었다. 아이가 그것을 자신의 가랑이 사이로 가져갔지만 소변을 제대로 닦아내는 것 같지는 않았다. '거기 잘 닦았어?'라는 물음이 배꼽 아래서부터 목구멍까지 차올라 내 몸을 가득 채웠지만, 도저히 밖으로 꺼내놓을 수 없었다. 이 말을 꺼내면, 아이가 나를 무서워할 것 같았다. 공포감을 느끼며 아무것도 하지 못할 것 같았다.

아이는 화장실 바닥에 발을 대지 않은 상태 그대로 있었다. 아이는 어째서 아무 말도 하지 않는 것일까?

왜 이렇게 뻣뻣하게 굳은 몸으로 나를 올려다보고 있는 것일까? 아이를 들어주어야 하는데, 품에 안고 다시 걸어내려가야 하는데……. 얘야, 제발, 무슨 말이라도 좋으니까, 무슨 말이라도 해봐. 응? 제발, 무슨 말이라도 해…… 제발…….

나는 친오빠와 함께 고모네 집에 놀러 가기를 좋아했다. 방학 때가 되면 부모님은 친오빠와 나를 고모네 집에 맡겨두었다가 며칠 뒤에야 데리러 왔다. 나는 늘 그날만을 손꼽아 기다리며 살았다. 고모에게는 아들이 한 명 있었고, 그는 친오빠와 마찬가지로 나보다 두 살이 많았다. 어릴 적부터 나를 만날 때리고 괴롭히던 친오빠와 달리, 사촌오빠는 매우 자상하고 따뜻한 사람이었다. 밥을 먹을 때나 간식을 먹을 때나 늘 자기 것보다 내 것을 먼저 챙겨주었다. 다 같이 밖으로 놀러 나갈 적에도 현관문에서 내 신발을 챙겨 손수 신겨주기도 했다.

사촌오빠는 나에게 말 한마디, 손짓 하나까지도 함부로 하지 않았다. 나를 보는 눈빛에도 경멸이나 비웃음 따위 없이 다정함만 깃들어 있었다. 사촌오빠가 나에게 초콜릿을 주었다. 내 옆에 나란히 앉아 초콜릿의 포장을 벗기고 내 입속에 쏙 넣어주었다. 나는 그것을 천천히 빨아 먹었다. 딱딱하게 굳어 있던 초콜릿이 모두 녹을 때까지 입에 물고 있었다. 그리고 조심스럽게 혓바닥을 굴려 물컹하게 녹은 초콜릿을 목구멍 속으로 조금씩 밀어 넘겼다. 어느새 내 입가에 초콜릿이 잔뜩 묻었다. 그러면 오빠가 손가락을 들어 내 입가에 묻은 초콜릿을 닦아주었다. 나에게는 입속의 초콜릿보다 입가에 와 닿은 사촌오빠의 손가락이 더 달콤했다. 나는 일부러 더욱 천천히 초콜릿을 빨다가 혀를 내밀어 입가에 묻히기를 반복했다. 그래도 사촌오빠는 나에게 더럽다고 말하지 않았다. 바보 같다고 놀리거나 비웃지 않았다. 칠칠맞다고 혼내거나 다그치지도 않았다. 초콜릿을 아무리 많이 흘리고 또 묻히며 빨아 먹어도 사촌오빠는 환하게 웃으며 내 입술을 닦아주었다.

나는 그런 사촌오빠가 좋아 나중에 반드시 그와 결혼할 거라고 말했다. 어른들은 모두 내 말을 그저 장난으로 받아들이며 껄껄 웃었다. 나를 괴롭히던 짝꿍 아이에 대해 이야기할 때처럼 웃으며 "그래, 그러렴. 다 크면 결혼시켜줄게"라고 말했다. 나는 어른들의 말이 거 짓말이라는 사실을 알고 있었다. 하지만 나는…… 진 심이었다. 나는 언제나 내 안에 떠오르는 진실만을 이 야기했다. 그러나 사람들은 나에게 자꾸만 거짓말했고, 진짜 내 이야기는 절대로 들어주지 않았다. 아무도 믿 어주지 않았다.

밤이 되면 친오빠와 나는 모두 사촌오빠의 방에서 잠 을 잤다. 나는 사촌오빠가 좋았기에 언제나 그 옆에 꼭 붙어서 자려고 했다. 그날도 어김없이 사촌오빠와 나 그리고 친오빠가 나란히 담요 위에 눕고 이불을 덮었 다. 나는 방 안의 불을 끄면 절대로 잠들지 못했다. 방 안에 불이 환하게 켜져 있어야만 잠들 수 있었다. 환한 불빛이 편하고 좋았다. 불이 켜져 있을 적에는 눈을 감 아도 눈꺼풀 사이로 빛이 새어들어왔다. 조금도 어둡게 느껴지지 않았다. 아침에 눈을 떠 보면 방 안의 불은 꺼 져 있지만 햇빛이 들어와 어둡지 않았다.

내가 잠든 사이 방 안의 불을 끄고 나가는 사람은 아 버지였다. 아버지는 매일 밤 내가 잠들기를 기다렸다가 방문을 열고 들어와 형광등의 스위치를 내렸다. 이따금

내가 아직 잠들지 못했는데 아버지가 불을 꺼버리는 날
도 있었다. 그러면 나는 아버지에게 불을 끄지 말라고
소리 질러 말했다. 불 끄지 마, 불 끄면 안 돼, 불 끄면
안 돼,라고 소리치면 아버지는 서둘러 알았다고 대답하
며 형광등의 스위치를 다시 올렸다.

방 안에 새하얀 불이 켜지면 마음이 곧바로 편안해졌
다. 시야가 밝아질수록 아무것도 보이질 않고, 모든 것
이 사라지는 듯했다. 그러면 나는 겨우 눈을 감고 잠을
잘 수 있었다. 그러나 사촌오빠의 방에서는 도저히 불
을 켜고 잘 수가 없었다. 오빠들과 함께 누워 있으니 어
쩔 수 없이 담요 위에 눕기는 했지만 도무지 잠들 수가
없어 뜬눈으로 밤을 지새우고 있었다. 얼마나 그러고
있었을까? 왼편에 누운 사촌오빠의 손이 내 티셔츠 자
락을 조심스레 걷어 올렸다. 그러고는 나의 통통한 아
랫배에 그 손을 살포시 올리는 것이었다. 그러자 갑자
기 머릿속이 새카매지면서 아무런 생각도 나질 않았다.
아니, 생각이 아주 없지는 않았다. 지금, 빨리, 자리에서
일어나버리고 싶다고 나는 생각했다. 하지만 그럴 수
없었다. 내 옆에는 사촌오빠뿐만 아니라 친오빠까지 있

었다. 나는 이 모든 상황이 무서웠다. 모든 것이 뒤죽박죽 엉겨들기 시작했다. 나는 정신을 가다듬고 순식간에 어질러질 상황을 가늠해보려 애썼다. 괜찮아. 괜찮아. 그냥 아랫배잖아. 배를 만지고 있는 것도 아니고, 그냥 손을 얹고 있을 뿐이잖아. 그것뿐이잖아……라고 속으로 되뇌며 한시바삐 사촌오빠의 손이 내 몸에서 떨어져 나가기를 바랐다.

바람이 이루어진 것일까? 사촌오빠의 손이 곧 내 몸에서 거두어졌다. 나는 그 틈을 타 몸을 들썩이며 신음을 냈다. 친오빠가 깨어나길 바랐다. 내 소리와 움직임에 놀란 친오빠가 잠에서 깨어나 다들 조용히 하고 빨리 자라고 성질을 부리길 바랐다. 내가 조금 더 크게 소리를 내뱉자 친오빠가 흠칫 몸을 떨며 깨어나려 했다. 그 순간 사촌오빠의 손이 내 입에 와 닿았다. 달고, 맛있고, 부드럽기만 해서 언제까지나 내 입술에 닿기를 바랐던 사촌오빠의 손. 그 손이 이제는 내 입을 모두 틀어막았다. 무시무시한 힘으로 나를 짓눌렀다. 그 손은 나에게 그만 입을 닥치라고, 움직이지 말라고, 가만히 좀 있으라고 명령하는 듯했다.

달고, 부드럽고, 따뜻했던 손······. 이 손은 분명 그때와 똑같은 손인데, 그런데 지금은 왜 이렇게 다른 것일까? 도대체 무엇이, 왜, 이렇게 달라져버린 것일까? 왜 그때와 같지 않은 것일까? 내 안에 있는 물음과 관계없이 손은 마치 이것이 진실이라는 듯, 이것이 진짜라는 듯 어마어마한 힘을 뿜어내며 나를 내리눌렀다. 나는 이제 이 손이 너무나 더럽고 무서워 견딜 수 없었다. 왜, 왜 이렇게 모든 것이 순식간에 변해버리는 것일까? 도대체 무엇이 진짜고 무엇이 가짜일까? 이 모든 진짜와 가짜가 사실은 다 하나일 뿐이야. 한 가지에서 나오는 것이지. 변한 건 내가 아니라 바로 너야. 나는 애초부터 이런 존재였다. 그런데 네가 나를 아름답게만 바라보고 있었잖아. 그것만이 내 전부라고 생각하고 있었잖아. 그것이 진실이라고 혼자 믿어버리고 있었잖아. 나는 하나도 변하지 않았어. 달고, 부드럽고, 아름다운 동시에 쓰고, 거칠고, 추악한 존재야. 한데 너는 언제나 겉으로 드러난 것만 보았잖아. 네가 보고 싶은 대로, 네가 보고 싶은 것만 골라서 바라보고 있었잖아. 나의 이면에 감춰진 진짜를 보지 않고 있던 건 바로 너잖아. 그러니까 이건 네 잘못이야. 진실을, 대상을, 실상을 보지 않고, 보고 싶은 것만 바라본 네가 아주 멍청했던 거야. 어리석었던 거야. 이게 '나'야. 진짜 '나'야. 손은 일말의 죄의식도 없이, 일체의 망설임도 없이 당당한 위용을 뽐내며 내 숨통을 조여왔다. 숨을 쉴 수 없게 만들었다.

　나는 이렇게…… 죽는 거구나. 죽어가는 거구나, 생각할 즈음 손이 내 입에서 떨어져나가 가슴팍을 눌렀다. 이제 막 부풀어오르기 시작하는 나의 양 젖가슴 위를 번갈아 왔다 갔다 하며 정신없이 주물러댔다. 나는 너무 무섭고, 정말 죽고 싶었지만, 아무런 말도 행동도 할 수 없었다. 왜 가만히 있을 수밖에 없는지에 대해서도 알 수가 없었다. 내 몸이, 나 자신이, 자연히 그렇게 되었다. 나에게는 그의 손으로부터 벗어나 그대로 죽고 싶다는 바람만 가득 차올랐다.

　내 숨이 점점 잦아들고, 소리 낼 수도 움직일 수도 없게 되었을 즈음에 손이 내 잠옷 바지 속으로, 팬티 속으로 들어왔다. 그리고 아직 거웃도 자라지 않은 나의 속살을 더듬었다. 나는 참을 수 없었다. 그리고 아무것도 할 수 없었다. 아까 그가 맨 처음 내 아랫배에 손을 얹었을 적에 자리에서 벌떡 일어났어야 했다. 그랬더라면 그는 나에게 이렇게 하지 않았을 것이다. 손이 곧 내 속을 파고들었다. 달콤했던 손가락이 이제는 징그러운 벌레가 되어 내 속을 헤집고 다녔다. 내 속에서 기어다녔다. 즐겁다는 듯이, 재밌다는 듯이, 자기들끼리 낄낄 웃고 떠들며 손끝과 발끝으로까지 꾸물꾸물 뻗어나갔다. 나는 여전히 아무것도 할 수 없었다. 아무 말도 할 수 없었다.

한참의 시간이 흐른 뒤에야 손이 내 몸에서 떨어져나 갔다. 나는 아주 조심스럽게 그와 반대편으로 몸을 돌려 누웠다. 그리고 새벽녘 동이 틀 때쯤 조용히 이불을 걷고 상체를 일으켰다. 다리가 잘 일으켜 세워지질 않았다. 손바닥을 바닥에 댔다. 그리고 겨우 무릎을 세워 천천히 기어나갔다. 조금 전 내 몸속을 기어다니던 벌레가 사실은 나 자신이었다. 내가 바로 벌레였다. 나는 벌레처럼 바닥을 기어 방문을 열고 밖으로 나갔다. 방문을 닫자, 심장이 걷잡을 수 없이 크게 뛰었다. 내 안에서 정신없이 요동치고 있었다. 너는 너무 작고 비좁아, 나는 네 안에 있을 수가 없어,라고 소리치며 내 몸을 뚫고 나올 것만 같았다. 일어서고 싶은데, 일어서지질 않았다. 나는 그대로 바닥에 쓰러져버렸다. 이제는 다리뿐만 아니라 온몸에 힘이 하나도 남아 있질 않았다. 나는 거실 바닥에 누운 채로 몸을 동그랗게 말았다. 이내 거실 반대편 안방의 문이 열리고, 잠에서 막 깨어난 듯한 모습의 고모가 밖으로 나왔다. 고모…… 고모…….

고모는 내가 사랑하는 사람이었다. 딸이 없는 고모는 나를 마치 친딸처럼 예뻐해주었다. 엄마와는 달리 맛있는 과자와 예쁜 머리핀도 자주 사주었다. 고모는 냄비에 감자를 가득 넣어 물과 소금, 설탕을 넣고 푹푹 삶기를 잘했다. 그렇게 삶아낸 감자에 마요네즈를 버무려 만들어주는 샌드위치를 나는 열 개도 넘게 먹을 수 있었다. 아침이면 밀가루 반죽에 달걀과 우유, 설탕을 넣어 프라이팬에 구워주는 팬케이크 또한 무척 달고 부드러웠다.

거실 바닥에 웅크려 있는 나를 발견한 고모가 깜짝 놀란 표정으로 어째서 더 자지 않고 여기에 나와 있느냐고 물었다. 사랑하는 고모의 얼굴을 보는 순간 눈에서 눈물이 쏟아져나왔다. 고모가 나에게 다가와 어깨를 붙잡으며 왜 그러느냐고, 무슨 일이냐고, 울지 말고 어서 말을 해보라고 했다. 고모…… 고모…… 오빠가…… 준희 오빠가……. 나는 말하고 싶었다. 한데 말이 나오질 않았다. 울음 때문일까? 나에게는 말할 수 있는 힘이 없었다. 그런데도 고모는 어서 말해보라고, 준희가 왜, 대체 무슨 일이냐고 계속해서 따져 물었다.

고모…… 자고 있는데, 준희 오빠가 갑자기 내 배를 만졌어.

그래서? 그리고? 그게 다야?

아니…… 나는 가만히 있었는데, 조금 있다가 또 내 가슴을 막 만졌어…….

내 어깨를 붙잡고 있는 고모의 손아귀에 점점 힘이 실렸다. 그리고 곧, 고모의 얼굴이 변했다. 그것은 이제까지 보아온 고모의 얼굴이 아니었다. 생전 처음 보는 사람의 얼굴이었다. 점점 다르게 변해가는 고모의 얼굴을 나는 똑바로 바라볼 수조차 없었다.

너는 왜 가만히 있었어? 왜?

고모의 질문에 나는 아주 커다란 잘못을 저지른 아

이가 된 것만 같아 갑자기 말문이 콱 막히고 말았다. 더 이상 입을 열 수 없었다. 아무 말도 할 수 없었다.

그래서? 그리고? 다 말해. 솔직하게 다 말해, 말하라고!

갑자기 나에게 소리 지르는 고모의 얼굴과 마주쳤을 때, 나는 공포를 느꼈다. 나는 이제 고모가 무서웠다. 고모의 말을 듣지 않으면 그녀가 나를 때릴 것 같았다. 나는 더 이상 아무 말도 하고 싶지 않았다. 하지만 나는 무슨 말이든 해야만 했다. 그러지 않으면 고모가 나를 진짜로 때릴 거라는 생각이 선명하게 다가왔다. 고모에게 맞게 되는 그 순간, 이 세상이 다 끝날 것 같았다.

고모…… 준희 오빠 손이 내 속으로 들어왔어. 고모…… 몸이 다 찢어지는 것 같아. 내가 다 찢어지는 것 같아. 찢겨져나가는 것 같아. 너무 아프고 무서워…… 고모.

고모는 내 어깨를 붙들고 있던 손을 스스로 뿌리치듯 떼어내며 나를 밀쳤다. 그러고는 마치 거대한 벌레를 마주친 것과 같은 시선으로 나를 내려다보며 치를 떨었다. 나는 태어나 처음 보는 고모의 얼굴에 놀라 아무 말도 하지 못했다. 마치 얼음이라도 된 듯 그 자리에서 붙박여 숨을 죽인 채로 있었다. 그러자 고모가 갑자기 예전에 내가 알던 얼굴로 돌아와 내 손을 붙잡았다. 예전같은 다정한 손길이라고 믿고 싶었지만, 고모의 손에는 너무나 차갑고 단단한 힘이 잔뜩 서려 있었다.

"너, 지금부터 고모가 하는 말 잘 들어"

나는 아무런 대답도 행동도 할 수가 없어 그저 가만히 있었다.

"대답해, 얼른. 고모가 하는 말 잘 듣겠다고."

고모는 나에게 명령했고 나는 그 말을 거역할 수 없었다. 두 손을 고모에게 완전히 붙들린 채로 고개를 끄덕여야만 했다.

"지금 이야기, 아무한테도 하지 마. 특히 네 엄마한테 절대로 말하지 마, 알았어?"

나는 가만히 있었다. 가만히 있고 싶어서 가만히 있는 것이 아니라, 가만히 있지 않을 수 없어서 가만히 있었다.

"이건 고모랑 너랑 둘만 아는 비밀이야. 비밀은 반드시 지켜야 하는 거야. 그러니까 고모랑 비밀 지키겠다고 약속해, 얼른."

　고모가 그렇게 말하며 오른손 새끼손가락을 나에게 내밀었다. 나 또한 주먹 쥔 손에서 새끼손가락을 빼냈다. 고모는 곧바로 자신의 새끼손가락을 나에게 걸었다.

　"새끼손가락 걸고 맹세하는 거야. 고모랑 약속 지킬 수 있지? 약속 어기면 천벌받는 거 알지? 예정이는 착한 아이니까, 고모랑 한 약속 지킬 거지? 그렇지?"

　나는 고개를 끄덕이며 엄지손가락을 들어 고모와 함께 약속 도장까지 찍었다. 그제야 고모가 내 머리를 쓰다듬으며 나를 감싸 안았다.

　"그래, 이제 괜찮아. 그리고 이제 오빠 방에서 자지 마. 앞으로는 고모 방에서 같이 자자. 알았지?"

　나는 알았다고 대답했다. 고모의 말을 알아들었기 때문에 알았다고 대답한 것이 아니라, 고모가 너무 무서워서 알았다고 대답했다. 나에게는 어른들의 말이 다 너무 무섭고 무거웠다. 그들의 말, 그들의 행동, 그들의 존재에 나는 공포를 느꼈다. 그때…… 그 남자. 나를 아파트 옥상에 있는 기계실로 끌고 갔던 남자를 다시 마주친 날에 나를 모두 덮어씌우던 감정도 공포뿐이었다. 공포 외에 다른 감정은 있을 수 없었다. 공포가 몰고 오는 어둠에 내 몸이 빨려들어가는 것 같았다. 내리눌리는 것 같았다. 깔아뭉개지는 것 같았다. 모두 없어지는 것 같았다.

그래서 나는…… 말할 수 없었다. 아무에게도 이야기할 수 없었다. 많은 이의 노력에도 불구하고 끝내 찾지 못한 남자. 어떻게든 찾아내서 대체 나한테 왜 그랬느냐고, 왜 하필 나였느냐고, 내가 도대체…… 뭘 그렇게 잘못해서 나에게 그랬느냐고, 내가 가진 모든 힘을 짜내어 따져 묻고 싶었던 남자. 그리고 누군가 나 대신…… 제발 혼내줬으면, 아니, 제발 죽여줬으면 했던 남자……. 나는 그 남자를 다시 마주친 적이 있었다. 그러나 누구에게도, 말할 수 없었다.

그 일이 있은 지 한 달이 채 지나지 않은 때였다. 우리 가족이 다른 곳으로 이사를 하기 전, 그리고 나에게 그 일이 일어나기 전 아버지가 오빠와 나에게 자전거를 한 대씩 사주었다. 운동신경이 좋은 오빠는 단숨에 두발자전거에 적응해 쌩쌩 달려나가곤 했지만 나는 그러지 못했다. 두발자전거 뒷바퀴에 부착해놓은 보조바퀴 없이는 도저히 자전거를 탈 수 없었다.

하루는 오빠가 나에게 그만 보조바퀴를 떼고 자전거를 타라고 말했다. 나는 너무 무서워 싫다고 대답했지만, 오빠는 자신이 뒤에서 잡아줄 테니 걱정하지 말고 달려보라고 했다. 자전거에 속력이 붙으면 보조바퀴 없이도 얼마든지 중심을 잡을 수 있다면서 말이다. 나는 오빠가 시키는 대로 자전거 안장 위에 올라타 페달을 밟았다. 오빠는 뒤쪽 안장을 손으로 밀며 중심을 잡아주었다. 오빠의 힘에 의해 자전거는 점점 세게 앞으로 나아가기 시작했다. 그러나 나는 아직 자전거 바퀴의 중심을 잡거나 속도를 조절할 수 없었다. 자전거 뒤쪽에 선 오빠의 힘이 느껴졌다. 오빠는 온몸의 체중을 실어 내가 탄 자전거를 밀어냈다. 오빠, 하지 마. 그렇게 밀지 마. 오빠, 나 혼자 못 타. 무서워, 너무 무서워. 무섭다고……. 나는 오빠가 지금 나를 위해 자전거를 밀고 있는 것인지 아니면 죽이기 위해 밀고 있는 것인지 알 수 없었다. 오빠는 여전히 나의 등 뒤에서 낄낄 웃으며 야, 그냥 세게 밟아,라고 말했다. 나는 고개를 뒤로 돌려 오빠를 바라보았다. 그러자 오빠가 갑자기 무서운 표정으로 돌변하며 말했다. 앞을 보라고, 멍청아! 그 말에 나는 그만 고개를 돌려 앞을 바라보았다. 아휴, 야, 내가 잡고 있으니까 더 밟아, 밟으라고, 더 세게! 나는 죽을 것 같았다. 내 곁을 스치는 바람과 공기와 햇빛과 땅바닥이 모두 나를 향해 달려오는 것 같았다. 나를 공격하는 것 같았다. 나를 죽이려고 달려드는 것 같았다. 오빠, 잡고 있어? 잡고 있지? 계속 잡고 있을 거지? 오빠, 놓으면 안 돼, 응? 놓지 마, 제발. 놓으면 안 돼. 절대 안 돼……. 그때 자전거 뒤쪽에 실려 있던 오빠의 체중이 더 이상 느껴지지 않았다. 나는 뒤돌아보지 않았지만, 오빠가 이미 내 자전거에서 손을 떼버렸다는 사실을 알 수 있었다. 그것을 알게 된 순간 나는 두 눈을 질끈 감아버리고 말았다. 그러자 자전거 바퀴는 엄청나게 빠른 속도로 돌아가기 시작했다. 페달이 이제는 절로 돌았다.

자전거는 그대로 길을 지나던 성인 남녀를 향해 돌진했다. 키가 큰 남자가 작달막한 여자의 어깨 위에 손을 얹고 있었다. 여자는 남자의 등허리를 팔로 감싸 안은 채였다. 그들의 뒷모습에서 왠지 모를 불안을 느꼈다. 나는 그들과 부딪히고 싶지 않았다. 내가 가진 모든 힘을 짜내어 자전거 핸들을 꺾었다. 그러자 자전거가 그들 남녀의 곁을 아슬아슬하게 스쳐 땅바닥으로 고꾸라졌다.

바로 그때, 자전거에서 굴러떨어져 땅바닥에 쓰러진 나를 돌아보던 남자. 그는 여자의 어깨에 팔을 걸쳐둔 채로 나를 쏘아보며 상스러운 욕을 뱉어냈다. 위로 높게 치켜올린 그의 눈에서 눈동자가 쏟아져나올 듯했다.

"쌍년이 지금 여기서 뭐 하는 거야! 야, 너 이리 와봐."

그 순간 나는 몸을 떨었다. 그가 나에게 내뱉는 욕설 때문이 아니라, 그가 바로 나를 아파트 옥상으로 끌고 갔던 남자였기 때문이었다. 그것은 결코 잊을 수 없는 눈이었다. 결코 잊을 수 없는 얼굴이었다.

지금 당장 소리를 지르고 사람을 불러 모아야 했다. 나는 누군가 제발, 나 대신 남자를 붙잡아주었으면 했다. 입이 전혀 떨어지질 않고 손도 발도 움직이질 않았다. 남자에게 복수할 수도 없고 누군가에게 도움을 요청할 수도 없었다. 그 순간 세상의 어둠이 모두 나에게로 몰려오는 것만 같았다. 나를 모두 덮어씌우는 것만 같았다.

나는 이 상태로부터 벗어나고 싶었다. 달아나고 싶었다. 남자와 맞닥뜨린 지금 이 순간으로부터 도망치고 싶었다. 그러나 나에게는 도망칠 수 있는 힘조차도 없었다. 나는 정말이지 아무것도 할 수 없었다. 나는 무엇 하나도 제대로 못하는 인간이었다. 뭐라도 할 수 있는 힘이, 뭐라도 될 수 있는 힘이 아주 조금도 없는 인간이었다.

남자가 곧 나를 때릴 듯한 기세로 팔을 들어올리며 다가왔다. 그러자 옆에 있던 여자가 그의 팔을 붙들며 그만 가자고 말했다. 남자는 곧 나에게 도와달라고 말하던 때와 같이 부드럽고 온화한 얼굴이 되어 여자에게 알겠다고 대답했다. 그러나 나에게는 다시 악마와 같은 얼굴로 "너 이 쌍년, 한 번만 더 내 눈에 띄면 진짜 죽여버린다"라고 말한 뒤 뒤돌아 걸어갔다.

오빠가 내 곁으로 달려와 괜찮으냐고 물었다. 워낙

순식간에 일어난 일이라 어안이 벙벙하고 뭐가 뭔지 알아차릴 수 없을 정도로 커다란 혼란과 공포를 느꼈지만, 나는 이야기하고 싶었다. 저 남자가 바로 그 남자라고, 얼마 전 나를 끌고 가서 나에게 나쁜 짓을 했던 아저씨라고 나는 오빠에게 이야기했다. 너무 무섭다고, 빨리 저 아저씨를 붙잡아달라고…… 그리고 신고해달라고……. 그러나 나와 마찬가지로 아직 어린아이에 불과했던 오빠 역시 아무것도 못했다. 남자를 쫓아가지도, 사람을 불러 모으지도 못했다. 오빠는 그저 내 어깨를 감싸 안고 나를 다독였다. 네가 잘못 본 거라고, 그러니 빨리 잊으라고, 그 일은 그만 잊어야 하는 거라고 말하며 나를 일으켜 세웠다. 그리고 이제 그만 집으로 돌아가자고 말했다.

오빠는 바닥에 넘어져 있는 내 자전거를 세워 끌며 다시 한번 집으로 가자고 했다. 나는 지금 오빠가 나에게 해준 말이 거짓말이라는 사실을 알고 있었다. 심지어 오빠가 지금 나에게 진실을 이야기하는 것을 두려워하고 있다는 사실까지도 알 수 있었다. 그래서 이렇게 거짓말로 나를 달래며 진실을 덮으려 하고 있다는 것을 너무나 또렷하게 알고 있었다. 그러나 나는 아무런 말도 하지 않았다. 아무런 말도 할 수 없었다.

나는 오빠의 거짓말을 사실로 받아들여야 했다. 네가 잘못 본 거야. 저 남자는 그 남자가 아니야. 그 남자는 이 세상에 없는 사람이야. 그러므로 그 일도 없었던 일이야. 일어나지 않은 일이야. 일어난 적조차 없는 일이야. 그것은 한낱 꿈이고, 착각이고, 거짓이야. 나는 점점 무엇이 꿈이고 현실인지, 무엇이 허상이고 진상인지, 무엇이 진짜로 일어난 일이고 일어나지 않은 일인지 구분할 수 없게 되어버렸다. 그것은 결코 가려낼 수 없는 것들이었다. 나에게는 그저 오빠의 거짓말만이 사실이 되었다. 사실이 되어야 했다. 진실은 거짓이 되고, 거짓은 거짓 아닌 진짜가 되어야 했다. 그래야만 나는 살 수 있었다. 너는 이 거짓말을 믿어야 해. 나는 이 거짓말을 믿어야 했다. 그래야만…… 살아갈 수 있었다. 똑바로 서 있을 수 있었다. 앞으로 나아갈 수 있었다. 이것은 곧 우리 모두의 사실이 되었다. 나는 단 한 번도 그러한 일을 당하지 않은 채 멀쩡하고 건강하게 자라난 아이였다. 그러니 나의 이야기는 더 이상 이야기되지 않아야 했다. 이것은 있을 수 없는 이야기, 있어서는 안 되는 이야기, 이야기할 수 없는 이야기, 이야기해서는 안 되는 이야기였다. 나만 말하지 않으면, 정말로 없었던 일이 되는 줄만 알았던 이야기. 그 이야기…… 이 세상에 없는 이야기가, 왜 이렇게 계속, 나에게 떠오르는 것일까? 왜 이렇게 선명하게 드러나 보이는 것일까? 왜 이렇게 자꾸만 밖으로 나오려 하는 것일까?

나는 고개를 두어 번 정도 가로저으며 내 안에서 올라오는 이상한 생각을 떨쳐버리려 애썼다. 그러고는 곧바로 아이의 겨드랑이에 손을 집어넣어 아이를 번쩍 들어올렸다. 다시 한번 왼쪽 팔뚝으로 아이를 바짝 당겨든 뒤 변기 덮개를 닫았다. 그리고 그 위에 아이의 발을 올려놓았다. 그 순간 나에게는, 아이가 속살을 잘 닦았는지에 대한 궁금증이 일어났다. 아이는 자신의 팬티와 타이즈를 입을 생각도 하지 않고 그저 사시 같은 눈동자로 나를 계속 올려다보기만 했다. 예의 그 입술은 여전히 반쯤 벌어진 채로……. 그런 아이의 얼굴 속에 '나는 아무것도 몰라요, 선생님.' '나 좀 도와주세요, 선생님.' '나 좀 봐주세요, 선생님' 하는 말들이 들어 있었다.

'선생님, 저 좀 잡아주세요.'

'선생님 저 좀 안아주세요.'

'선생님, 저 좀 닦아주세요.'

'선생님, 저 좀 빨아주세요.'

아이의 몸에서 뿜어져나오는 말이 계속해서 내 몸에 들어와 박혔다. 그리고 내 안에 아주 깊숙한 곳으로 파고들어왔다. 그곳은 컵 안에 든 물처럼…… 아주 맑고 고요했다. 영원히 그렇게 맑고 고요한 상태로 존재하고 있을 것만 같았다. 그것은 절대로 건드리지 말고, 휘젓지 말고, 그냥 놔두어야 했다. 이 맑고 잔잔한 물을 휘젓는 자는 누구인가? 그리고 무엇인가? 컵 안에 든 물이 격렬하게 요동쳤다. 그러자 그 안에 가라앉아 있던 흙이 순식간에 일어나 솟구쳐올랐다. 물속에 깊이 가라앉아 있던 흙이 내 배와 가슴, 어깨와 팔, 허벅지와 종아리 그리고 손끝과 발끝으로 퍼져나갔다. 아이가 계속 말했다. 선생님, 선생님……. 저 좀……. 좀…….

이것은 정말로, 아이의 몸에서 나오는 말일까? 내 안의 아주 깊은 곳, 바로 그 안에…… 오래전부터…… 들어 있던 말. 아이의 몸이 아닌, 내 몸에서 쏟아져나온 말. 이 말을 듣고 있는 사람은, 오래전 그 남자. 나를 지켜보고 있던 남자의 몸이…… 나보다 먼저 주워담아버린 말…….

타이즈와 함께 둘둘 말려 있던 아이의 팬티를 손으로 천천히 분리해냈다. 그러고는 마찬가지로 천천히 팬티를 올려 아이의 가랑이를 가렸다. 분홍색 타이즈를 입히고 진분홍색 레오타드까지 덧입혀주었다. 그러자 아이가 기다렸다는 듯 두 팔을 벌려 내 품에 쏙 들어와 안겼다. 나는 두 팔로 아이의 궁둥이를 받치고 내 가슴께에 아이의 몸을 얹었다.

양변기 위 꼭지를 당겨 물을 내리고 그만 뒤돌아 화장실 밖으로 나갔다. 내 몸에 달라붙은 아이의 어깨 너머 계단참을 바라보며 한 걸음 한 걸음 조심스러운 발걸음을 내디뎠다. 아이는 마치 나와 한 몸이라도 된 듯 나에게 자신의 몸을 내맡겼다.

무용원 안으로 들어가 비로소 아이를 내려놓자 아이는 곧바로 뒤돌아 스튜디오로 들어가버렸다. 나는 그대로 현관 앞 책상 안쪽으로 들어가 의자에 걸터앉았다.

귀에는 여전히 익숙한 음악, 풀랑크의 행진곡이 흐르고 있었다. 행진곡의 박자에 따라 머릿속이 점점 하얘졌다. 귓가에 흐르던 음악이 서서히 사라졌다. 눈에 보이던 모든 것이 하나씩 사라져갔다. 모든 것이 나에게서 점점 멀어지고 종내에는 사라졌다. 아무것도 보이지 않는 캄캄한 어둠. 곧이어 떠오르는 새하얀 빛 속에 내 몸이 산산이 부서지고 흩어졌다. 그리고 다시 모였다가 흩어지기를 반복했다. 묘한 진동이 전해져왔다. 열이 오르고, 불길이 치솟는…… 커다란 열기에 내 몸이 타오르고 있었다. 끓어오르고 있었다. 나 좀, 나 좀 데려가줘. 나 좀 제발, 그곳에 데려다줘,라고 말하던 리나. 열병에 휩싸여 학교에 나오지 못하고 아무도 없는 집 안에 홀로 누워 있던 리나. 그런 리나가 정신을 차릴 수 없을 정도로 극심한 통증 속에서 내뱉던 말. 내 몸이 산산이 부서지는 것 같아. 정신을 차릴 수가 없어. 아무런 생각도 떠오르지 않아. 내가 완전히 없어진 것 같아. 사라진 것 같아. 타버린 것 같아. 녹아내린 것 같아.

나는…… 하늘을 날고 싶었어. 그런데 내 몸은 늘 땅에 있었어. 아무리 노력해도 땅에서 절대 떨어지질 않았어. 아무리 높이 그랑 주떼(Grande Jeté)를 뛰어도 매번 땅으로 되돌아와 있었어. 그래서 정말이지 오래도록…… 아무것도 먹지 않았어. 체중이 줄면 나를 땅으로 끌어당기는 중력도 줄어들 테니까. 그렇게 내 체중이 사라지면 나를 붙잡던 중력도 사라질 테니까. 그러면 나는 하늘을 날 수 있잖아. 마음껏 날아다닐 수 있잖아. 그날을 오래도록 꿈꿨어. 그날이 지금, 바로 지금이야. 내 몸이 사라진 것 같아. 뜨거운 불에 타버린 것 같아. 차디찬 물에 녹아난 것 같아. 아무것도 먹지 못했어. 먹고도 다 토했어. 내 안에 아무것도 없어. 그러니까 바로 지금이야. 바로 지금이야말로 하늘을 날 수 있어. 날아갈 수 있어. 그러니까 나 좀 스튜디오로 데려가줘. 바로 지금, 제발 나 좀…… 거기로 데려가줘…….

식은땀을 흘리는 리나의 몸은 차갑게 식었다가도 언제 그랬느냐는 듯 뜨겁게 달아오르기를 반복했다. 불같이 뜨겁게 달아오를 적에는 내가 리나와 같이 타오르는 것 같았고, 얼음처럼 차갑게 식어버릴 적에는 나도 리나와 같이 얼어붙는 듯했다. 담요로 둘둘 감싼 리나의 몸을 등에 업고 무용원까지 달려가는 동안 리나는 끊임없이 같은 말만 내뱉었다. 바로 지금이야, 지금뿐이야, 예정아.

이틀 동안 아무것도 먹지 못했다는 리나의 몸은 정말이지 깃털처럼 가벼웠다. 하나도 무겁지 않았다. 그러나 그와 동시에 나는 그녀에게서 어마어마한 무게감을 느꼈다. 그녀의 무게감이 나를 짓누르는 것만 같았다. 집어삼킨 것만 같았다. 리나야, 어디든 가줄게. 너의 발이 되어줄게. 네가 가고 싶은 곳 어디든, 내가 다 가게 해줄게. 태어나 처음으로 나는, 무언가 되고 싶다는 생각을 했다. 내가 하고 싶은 것은 바로 너와 함께 있는 거야. 네가 어디를 가든, 네가 무엇을 하든, 너와 함께 있을 거야. 나는…… 네가 되고 싶어. 네가 무엇이든 할 수 있게 내가 다 해주고 싶어. 너와 하나 되고 싶어.

나는…… 그녀를 망가뜨리고 싶었다. 평생 이렇게 아프도록 만들어놓고 싶었다. 그래야만 그녀가 나를 떠나지 않고 내 곁에 남아 있을 것만 같았다. 끊임없이 나를 찾고, 나를 바라보고, 나를 원할 것 같았다. 리나야, 네가 더 아프면 좋겠어. 그래서…… 죽을 때까지 이렇게 나의 곁에 있으면 좋겠어.

나는 점점 내가 원하는 것이 무엇인지 알 수 없게 되어버렸다. 내가 원하는 그것이 리나를 위한 것인지 아니면 리나를 망치는 것인지 알 수 없었다. 나는 지금 리나를 사랑하고, 나는 지금 리나가 되고 싶고, 나는 지금 리나와 하나 되고 싶었다. 한데 이 모든 게 리나가 아닌 나를 향한 것인가?라는 물음이 처음으로 떠올랐다. 내가 지금 그녀를 살리고 싶은지, 죽이고 싶은지 알 수 없었다. 내 의식은 점점 리나와 같이 무너져내렸다. 나는 자꾸만 물속으로 빠져들었다.

그 뒤에 어떻게 무용원의 스튜디오까지 들어갔는지, 그 안에 누가 있었는지, 무슨 말을 했는지, 심지어 어떻게 다시 집으로 돌아왔는지 전혀 떠오르질 않았다. 나에게 남아 있는 기억은 다만, 몸에 두르고 있던 담요를 벗어던진 리나가 발등을 길게 늘인 채 발끝으로 서 있는 모습. 서서히 발걸음을 떼며 부드럽게 미끄러지는 샤세 안 아방. 점점 빨라지는 알레그로 스텝에서 뛰어오르는 주떼에 어떠한 무게도 실려 있지 않은 모습. 가볍게 주떼를 이어가다가 어느 한순간 훅, 그랑 주떼를 뛰며 공중으로 날아오르던 모습. 안 아방 아라베스크.

그렇게, 공중에 떠 있는 모습. 하늘과 같이, 산소와 같이, 아무것도 없는 공(空)과 하나 된 모습. 오로지 그 모습만이, 나에게 남았다.

　모든 것이 멈춰버린 순간. 리나도, 공기도, 나도……
지금 이 순간까지도 멈춰버린 공간에서, 리나는 그토록 간절히 바라던 꿈을 이루고 있었다. 하늘로 날아오르고 있었다.

춤

귓가에 울리던 클래식 음악이 들려오지 않았다. 스튜
디오의 문이 열리고, 아이들이 저마다 재잘재잘 떠들어
대는 소리가 시끄럽게 울려퍼졌다. 나는 리나와 함께
있고 싶었다. 리나의 눈으로 세상을 바라보고 싶었다.
삶을 살아가고 싶었다. 그러면 리나의 세계가 내 것이
될 것만 같았다. 이제까지 내가 보아오던 것과 다른 세
계가 펼쳐질 것만 같았다. 언제까지나 너와 함께 있고
싶어. 나는 자주 그렇게 말하고 싶었다. 그것은 내가 하
고 싶어서 하는 말, 하려고 생각하고 내뱉는 말이 아니

었다. 그것은 내 의지와 관계없이 쏟아져나오는 말. 무언가 생각해보기도 전에 떠오르는 말을 가만히 들여다보면 늘 그런 내용이었다. 그러나 나는 그 말을 입 밖으로 내뱉지 못했다. 내뱉을 수 없었다. 그것을 이야기하면 리나가 나를 떠나버릴 테니까. 내가 진짜 재수 없다고 말하며 달아나버릴 테니까. 그래서 나는 리나와 가까워질수록, 리나를 알면 알수록 더욱 커다란 불안과 두려움을 느꼈다.

리나의 곁에 있는 것은 다이아몬드를 쥐고 있는 일과 같았다. 형언할 수 없을 만큼 눈부시고 아름답고 소중해 언제나 손에 꽉 쥐고 있어야 하는 보석. 그러나 다이아몬드는 매우 차고 날카로워 손에 쥐면 쥘수록 나를 더욱 아프게 했다. 손에서 핏물이 줄줄 흘러내렸다. 나는 비명을 내지르고 싶었지만, 놓칠까봐, 다시 붙잡을 수 없을까봐, 리나와 함께 있는 게 아프다고 말하지 않았다. 오히려 나는 늘 괜찮은 척했다. 아프지 않은 척했다.

손바닥을 들어 손가락 마디마디를 움직여보았다. 갓 태어난 아기의 고사리손처럼 꼼지락꼼지락……. 손가락을 움직이게 하는 힘이 매우 낯설었다. 이러한 힘이, 언제부터 있었던 것일까? 나는 태어나 손가락을 처음으로 움직이는 아이처럼 계속해서 꼼지락거렸다. 손가락 관절 사이 신경이 살아나는 듯했다. 그것은 마치 나에게 이제야 세상에 태어났다고, 이제 진짜 살아 있는 인간이라고 말해주는 듯했다.

리나와 헤어진 것은 순전히 내 의지였다. 그랬다. 나는 리나를 먼저 버렸다. 중학교 졸업을 앞두고 있던 겨울, 나는 리나에게 더 이상 보지 말자고, 두 번 다시 연락조차 하지 말자고 말했다. 예술고등학교 진학을 앞두고 있던 리나와 나는 어차피 갈라질 수밖에 없는 운명이었다. 이어질 수 없는 인연이었다.

나는 춤을 추지 못했고, 예술고등학교에 갈 수 없었다. 우리는 서로 다른 사람이었다. 무서울 정도로 달랐다. 나와는 달리 오직 자기 자신만 바라보는 사람. 자기 자신만을 위해서 살아가는 사람. 그 외에는 아무것도 중요하지 않은 사람. 다른 무엇도 안중에 없는 사람. 처음에는 나를 끌어당겼던 것이, 빠져들게 했던 것이, 이제는 나를 밀어내고 있었다. 빠져나오게 하고 있었다.

나는 리나와 함께 있을 수 없었다.

내가 먼저 리나를 떠나지 않아도 그녀는 언제고 나를 떠나갈 아이였다. 리나가 하늘로 날아오르던 모습을 본 날부터 나는 내내 리나가 나를 떠나 먼 곳으로 가게 되리라는 환영에 사로잡혀 있었다. 하늘로 날아오르는 리나의 모습은 매우 자연스럽고 타당해 보였다. 땅에서 살아가는 사람이 하늘로 날아오르는 비현실적인 모습이 리나에게는 있는 그대로의 현실과 같아 보였다. 나는 그 모습을 망연히 바라보았다. 그렇게 떠나가는 리나를 보고 있을 수 없었다. 나만 혼자 이곳에 남아 언제까지나 리나만 바라보며 괴로워하고 싶지 않았다. 상처받고 싶지 않았다. 어차피 헤어질 거라면 좀 더 빨리, 내가 먼저 리나를 떠나고 싶었다.

어제까지도 따뜻하게 안고 있다가 갑자기 이러면 너무 아파. 리나는 너무 아프다고 대답했다. 너는 너무 차갑기만 했잖아. 아니면 사납기만 했잖아. 언제나 네 멋대로만 굴었잖아. 한 번도 나를 다정하게 안아주지 않았잖아. 언제나, 어디서나, 다 네가 하고 싶은 대로만 했잖아. 너는 너밖에 모르잖아. 나 같은 건 안중에도 없잖아. 그래서 견딜 수가 없어. 너무 차가워서, 뼛속까지 시리기만 해서 조금도 함께 있고 싶지 않아. 너와 멀어져야만, 멀리 떨어져 있어야만 아프지 않을 것 같아. 방학 기간 내내 나는 리나의 집에서, 리나의 방에서, 리나의 침대 위에서 리나와 함께 누워 있었다. 우리는 매일 한 이불을 덮고 누웠지만 리나는 한 번도 나를 향해 돌아눕지 않았다. 나는 언제나 리나의 비쩍 야윈 등을 안은 채로 잠들었다. 등뼈가 뭉툭뭉툭 튀어나와 있는 리나의 몸을 끌어안고 있는 동안 내 몸 또한 점점 야위어갔다. 리나의 비쩍 마른 몸은 언제든 곧바로 부서질 것처럼 느껴졌다. 산산이 흩어져 대기 중으로 날아가버릴 것처럼 느껴졌다. 끌어안으면 안을수록 나에게서 멀어지는 몸, 사라지는 몸……. 나는 결코 너와 함께 있지 않을 거야. 나는 너를 떠날 거야. 아무도 나를 붙잡을 수 없어,라고 이야기하는 것 같았다.

　나는 리나에게 조금도 상처주지 않았다. 리나는 나와 다른 세계에 있는 사람이고, 그러므로 나에게서 전혀 상처받을 일 없는 사람이라고 여겼다. 그래서 리나가 처음으로 나 때문에 아프다고 말했을 때, 나는 아주 쉽게 그것을 외면할 수 있었다.

나는 그만 자리에서 일어나 천천히 발걸음을 뗐다. 몸을 움직이고 있는 이 순간 또한 처음인 것만 같았다. 처음으로 자리에서 일어나고, 처음으로 발걸음을 떼는 순간. 나를 바라보고 있던 사람의 시선이 보였다. 박수 소리가 들렸다. 환호성이 들렸다. 나는 천천히, 조심스럽게 걸어 스튜디오의 문을 열고 안으로 들어갔다.

스튜디오 안은 아이들이 내뿜는 열기와 습기로 가득 차 있었다. 분홍색 타이즈와 레오타드를 입고 있는 아이들은 자신의 옷을 제대로 벗지 못했다. 시간 강사가 한 명씩 아이들의 옷을 벗겨주고 있지만 혼자서 다 감당하기에는 벅차 보였다. 몇몇 아이들이 먼저 나를 발견하고 나에게 가까이 다가왔다. 그리고 "선생님, 저 좀 벗겨주세요." "선생님, 저 지금 너무 더워요"라고 말했다. 아이들의 머리카락은 땀에 잔뜩 젖어 있었다. 숨 또한 매우 거칠게 내뱉었다.

나는 바닥에 무릎을 대고 앉아 가장 가까이 있는 아이의 레오타드부터 벗겨주기로 했다. 수건으로 아이의 땀을 닦아주면서 레오타드를 벗겨내자 작고 보드라운 가슴과 젖꼭지가 드러났다. 아이는 그것을 조금도 부끄러워하거나 감추려 들지 않았다. 아이에게 물었다.

"이름이…… 뭐야?"

아이는 "정슬기"라고 대답했다. 나는 거울 벽면 바닥에 깔아놓은 바구니에서 '정슬기'라는 명찰이 붙은 바구니를 찾았다. 그리고 바구니에서 아이의 유치원복인 블라우스와 원피스, 타이즈를 찾아 꺼냈다. 내가 아이에게 블라우스를 입혀주려 하자 아이는 바구니를 뒤적이더니 고운 레이스가 달린 하얀색 메리야스를 꺼냈다.

"엄마가 이것부터 입으랬어요."

나는 메리야스를 아이의 몸에 입혀주고 뒤이어 블라우스를 입히고 단추를 채웠다. 그리고 발레 타이즈를 벗기고 아동용 타이즈를 신기는 동안 다른 아이들도 계속해서 "선생님, 저도 벗겨주세요." "선생님, 너무 더워요." "선생님, 이것 좀 채워주세요" 하며 저마다 재잘거렸다. 어떤 아이들은 둘씩 짝을 지어 서로의 레오타드를 벗겨주고 서둘러 유치원복을 입은 뒤 원피스의 지퍼를 올려주기도 했다. 어떤 아이는 구석에 가만히 앉아 고개를 숙인 채 웅크리고 있기도 했고, 몇몇 아이들은 너무 덥다며 짜증을 내기도 했다. 아이들의 생김새는 모두 달랐다. 몸이나 얼굴뿐만 아니라, 머리, 어깨, 가슴, 겨드랑이, 배꼽, 허벅지, 종아리, 발가락…… 심지어 피부 색깔까지도 모두가 달랐다. 그러나 어떤 아이도 밉거나 이상하지 않았다. 그들 모두가 다, 저마다의 빛을 가지고 있었다. 아이들은 빛을 감추거나 숨기는 법을 알지 못했다. 그리하여 아이들 모두 저마다의 빛으로 홀연히 빛났다. 아주 어렸던, 그때의 나에게도, 이토록이나 커다란 빛이 존재하고 있었을까? 흘러나오고 있었을까?

아이들 모두 옷을 갈아입고 유치원 가방을 어깨에 멨다. 그리고 현관을 통해 밖으로 나가는 동안 나는 다른 무엇도 생각하거나 이야기할 수 없었다. 내 안에 무언가 쑥 빠져나가고 나와 다른 어떤 사람이 새로 들어와 있는 것 같았다. 그 사람은 몸을 움직여 아이들의 손을 잡은 채 건물 1층으로 올라갔다. 유치원 버스가 도착해 갓길에 정차했다. 아이들이 버스에 올라타고, 버스가 길을 떠났다.

얼마 후 대학생 강사 또한 돌아갔다. 나는 청소기를 들고 스튜디오로 들어갔다. 아이들의 신발에서 떨어져 나온 모래가 스튜디오 바닥에 널려 있었다. 청소기의 코드를 콘센트에 꽂고 전원을 켰다. 청소기를 돌리며 모래와 먼지를 빨아들였다. 그렇게 스튜디오를 어느 정도 정리하다 말고, 그만 청소기를 바닥에 내려놓았다. 위쪽으로 툭 튀어나와 있는 발등 고가 보였다. 고는 글자 그대로 정말 거북의 등 껍데기 같아 보였다. 춤을 추지 못하는 나에게는 전혀 필요 없던 것. 그럼에도…… 태어날 때부터 내 발을 휘감고 있던 것. 나를 감추게 하던 것.

나는 발등을 길게 뻗어 늘였다. 그 순간 그 안에 담긴 것이 뻗어나오는 듯했다. 나에게서…… 빠져나가는 듯했다. 그동안 나를 떠나가버린 이들의 얼굴이 보였다. 그들이 어디에 있는지 알 것도 같았다. 나는 발등을 더욱 길게 늘였다. 바닥에 닿은 발끝이 서서히 움직이기 시작했다. 샤세, 샤세. 나는 미끄러지듯 앞으로 나아가며 샤세를 뛰었다. 안 아방, 안 오. 팔이 넓게 벌어

지고, 멀리 나아가며, 나는 춤을 추었다. 높이 날아올랐다. 주떼 주떼, 그랑 주떼. ■

　서른 살 무렵의 저에게 소설 쓰기란 육중한 무게를 견디는 일과 같았습니다. 그때 쓴 《그랑 주떼》는 비교적 짧은 분량임에도 불구하고 제가 감당하기 어려운 무게로 다가왔습니다. 소설의 초고를 완성한 뒤 퇴고를 할 때나 교정을 볼 때 다시 읽어보는 일조차 힘겨웠습니다. 책으로 만들어진 뒤에도 제대로 읽기 어려워 오래도록 덮어둔 채 다시 열어보지 못했습니다.

　10년의 세월을 지나 《그랑 주떼》를 다시 읽었습니다. 제가 기억하는 예정은 커다란 상처와 고통만 간직한 존재였는데, 다시 읽은 예정은 눈부시도록 아름다운 사랑과 빛을 소유한 존재였습니다. 그리하여 소설을 다시 읽고 다듬는 동안 소설 속 인물이 저마다의 존재감을 가지고 뚜벅뚜벅 걸어나가는 모습을 목도할 수 있었습니다. 계속 소설을 쓰고 있어서, 참 다행입니다.

부족한 작품을 기꺼이 읽어주고 완성해주는 독자들, 꾸준히 글을 써나갈 수 있도록 지원과 신뢰를 보내주는 은행나무출판사, 소설의 무게를 함께 견디어주는 동료 작가들께 엎드려 감사드립니다.

모두, 높이 날아오르기를 바라며,

2024년 봄, 속초에서
김혜나

　영원히 감춰야만 하는 이야기가 있다.

　대학생 때 참여하던 영화 동호회에서는 한 달에 한
번씩 회원들이 모여 영화를 보고 저녁 식사를 했다. 하
루는 마를렌 고리스 감독의 영화 〈안토니아스 라인〉을
보고 난 뒤 카페에 가서 커피를 마시며 영화에 대한 이
야기를 나누었다. 일부러 의도한 바는 아닌데 어쩌다
보니 뒤풀이에 남은 사람들 모두 여자였다. 그 자리에
서, 나보다 예닐곱 살 정도 많은 선배가 자신의 이야기
를 꺼내어놓았다.

선배의 이야기가 끝나자 그 자리에 있던 여자들 모두 한 번씩 번갈아 "사실은 나도……" 하고 이야기를 시작했다. 누가 시키거나 미리 약속한 것도 아닌데 다들 사전에 준비라도 했던 것처럼 말이다.

그날 그 자리에 있던 여자 중 그러한 일을 겪어보지 않은 사람이 한 명도 없었다. 모두 자신이 당한 일을 숨겨오기만 하다가, 누군가 먼저 이야기를 하자 마치 봇물이라도 터지듯 자기 안에 감춰둔 이야기를 쏟아냈다.

그날 집으로 돌아온 나는 사람들의 이야기를 하나하나 되짚어보았다. 어쩌면 우리 모두, 그 일을 이야기하고 싶었던 게 아닐까? 항상 감추어야 한다고 강요받은 이야기. 그리하여 평생 감춰온 이야기를 왜 이제야 토로하는지에 대해 오래 생각해 봐야만 했다.

2년 전 나는 일주일에 한 번씩 절에 가서 명상 수련법을 공부했다. 그곳에서 처음 명상 수련을 하기 전 스님 한 분이 나와 자비(慈悲) 명상에 대해 이야기해주었다. 스님께서는 자비와 보시(普施)가 같은 의미이며, 자비에서 '자(慈)'는 사랑을 베푸는 것, '비(悲)'는 슬픔을 나누는 것이라고 가르쳐주었다. 좀 더 덧붙이자면 자는 타인에게 사랑을 베풀어 타인이 잘되기를 바라는 것이고, 비는 타인이 슬픔과 곤경에 빠졌을 때 그것을 함께 나누어 극복하도록 돕는 것이라고 했다. 그리하여 자는 인간에게 행복을 가져다주고, 비는 불행을 없애준다는 이야기였다.

자와 비. 사랑은 나눌수록 늘어나고 슬픔은 나눌수록 줄어든다. 어찌 보면 무척 쉽고 단순하게 다가오기도 하는 붓다의 가르침을 받고서 나는 내 안에 떠오르는 이야기를 발견했다. 모두가 나에게 절대로 말해선 안 된다고 했던 이야기. 어느 누구에게도 말하지 말고 깨끗이 잊으라고 했던 이야기. 그래서 영원히 내 안에 묻어야만 했던 이야기. 나는 사람들에게 이야기하고 싶었다. 그럼으로써 이야기 속에 숨어든 상처를 나누고 싶었다. 그러면 이 세상에 존재하는 뼈아픈 슬픔이 조금이나마 줄어들 수 있지 않을까 기대하면서 말이다.

슬픔은 나눌수록 줄어든다는 진리를 알지 못해 나는 유년의 상처를 항상 감춘 채로 살았다. 그러면 언젠가는 사라질 줄 알았다. 없어질 줄 알았다. 그러나 상처는 깊이 곪아가기만 했고, 나는 상처를 지우려 끊임없이 방황하고 절망하며 스스로를 괴롭혔다. 어둠의 바닥, 그 바닥의 바닥까지 나를 끌고 들어가야 했던 기나긴 방황의 청춘. 처절한 절망의 날들 속에서 나는 오래도록 나를 괴롭혀 오던 대상과 내가 용서해야 할 대상이 바로 나 자신이었다는 사실을 알아차릴 수 있었다.

끊임없이 나를 괴롭히며 절망의 늪으로 몰아갔던 '나'를 이제는 놓아주고 풀어주었으니, 앞으로는 과거의 상처에서 돋아나는 새 살의 희망과 아름다움을 좀 더 편하게 이야기하고 싶다. 내 안에 영원히 감춰야만 하는 이야기였던 동시에 사람들과 나누기 위해 오래도록 준비되어 있던 이야기.《그랑 주떼》가 보다 많은 이들의 내적인 상처를 치유하는 데 도움이 되기를 바란다.

2014년 가을

김혜나

그랑 주떼

1판 1쇄 발행 2014년 9월 10일
개정 1판 1쇄 발행 2024년 4월 2일

지은이 · 김혜나
펴낸이 · 주연선

(주)은행나무
04035 서울특별시 마포구 양화로11길 54
전화 · 02)3143-0651~3 ｜ 팩스 · 02)3143-0654
신고번호 · 제 1997—000168호(1997. 12. 12)
www.ehbook.co.kr
ehbook@ehbook.co.kr

ISBN 979-11-6737-403-5 (03810)

• 이 책의 판권은 지은이와 은행나무에 있습니다. 이 책 내용의 일부 또는 전부를 재사용하려면 반드시 양측의 서면 동의를 받아야 합니다.

• 잘못된 책은 구입처에서 바꿔드립니다.